한 줄도 좋다, SF 영화

한 줄도 좋다, SF 영화

유재영

일러두기

• 영화 · 단편소설 등은〈 〉로, 장편소설 · 신문 등은《 》로 표시하였습니다.

작가의 말

2000년대 초반 종로의 한 극장에서 매주 블라인드 시사회가 열렸다. 극장에서 선발한 요원을 대상으로 한 시사였는데, 고백하자면 나는 요원이었다. 지금은 사라진 그 극장에서 제목을 알지 못한 채 수십 편의 영화를 봤다. 〈배틀로얄〉, 〈에볼루션〉, 〈프리퀀시〉 등의 SF 영화도 상영 목록에 들어 있었다. 시사회는 주로 토요일이나 일요일 오전에 열렸다. 요원들은 대개 혼자 영화를 봤다. 낯이 익어도 인사를 주고받는 일은 드물었다. 요원의 삶이란 언제나 고독한 법이니까. 간혹 엔딩 크레디트가 올라갈 때 박수가 나오기도 했는데, 암흑 속에서 들려오는 박수 소리만이 서로의 존재를 확인하는 몇 안 되는 방식이었다.

극장 측 안내 없이도 약속한 시간이 되면 상영관의 조명이 꺼지고 광고 없이 영화가 시작했다. 타이틀이 떠오르고 나서야 어떤 영화인지 알아챘다. 제목이 머문 뒤에도 영화의 정체를 파악하기 어려운 때가 있었다. 그런 영화를 만나면 두 시간 남짓 어떤 세계가 펼쳐질지 예측할 수 없었다. 실제로 다양한 언어권의 영화가 공개되었고 먼 행성에서 수입해온 영화가 아닌가 싶을 정도로 난해한 작품도 있었다. 그럼에도 요원들은 영화의 배경과 인물을 받아들이는 데 능숙했다. 눈앞에서 전개되는 세계를 응시하는 일에 금세 익숙해졌던 것이다.

상영이 끝나면 객석으로 한 장짜리 설문지가 전해졌다. 주로 영화 마케팅과 관련한 단답형 질문으로 채워진 종이였다. 나는 빈칸을 공들여 채우는 편이었다. 우수 요원에겐 시상금을 지급한다는 안내도 있었지만 한 번도 받아본 적은 없었다. 그저 극장 밖을 나서기 전에 그 세계에 대해서 뭐라도 남기고 떠나야 할 것 같았다. 홀로 상영관을 빠져나오는 일이 출입국 사무소를 지나는 마음과 비슷했던 탓이다. 서른 편의 SF 영화를 다시 보면서 매주 한 세계가 열리고 닫히던 그 시절을 떠올렸다. 그때 객석이라는 한 줄 공간에 앉아 곰곰 생각한 말을 적고 나서 나의 세계로 돌아오는 일에 대해 쓰고 싶었다.

유재영

✳

도대체 이게 무슨 일이야?

스티븐 스필버그 〈미지와의 조우〉

오직 믿을 수 없는 건 현실입니다

과학자에게 필요한 태도 가운데 하나는 특수한 현상에 관해 순수하게 묻는 행위라고 합니다. 대관절 도대체 이게 무슨 일인지 의문을 품을 때 비로소 새로운 가설을 세우고 연역적으로 탐구할 수 있다는 것이지요.

순수한 물음은 과학자의 전유물이 아닙니다. 많은 이들이 일상적으로 의문 부호를 사용합니다. 지구에서 인간으로 살다 보면 누구나 별별 일을 겪게 마련이니까요. 어떤 일은 상식, 예보, 논리, 패턴을 무시한 채 일어나고, 그때 우리는 물음표를 붙인 채 말할 수밖에 없습니다.

같은 이유로 현실은 픽션보다 극적입니다. 픽션은 대개 끝이 있는 반면 지금 여기의 현실은 끝없이 연속하기 때문이죠. 처음과 중간과 끝이 있다면 그저 두고 보자는 심정을 이어갈 텐데요. 현실은 다릅니다. 현실에서는 그럴듯한 개연성 없이도 별별스러운 일이 우리 앞에 당도합니다. 그렇게 우리는 미지와 조우합니다. 수십 년 전 사라졌던 비행기와 선박이 손상 없이 사막에서 발견되고, 미확인비행물체가 도심 상공을 가로지른다면 아무래도 기이하게 여길 수밖에 없겠지요. 이게 대체 무슨 일인가. 온갖 직관과 지식을 동원하여 사색하고 탐구하게 됩니다. 미지와의 조우 이후 비슷한 말을 되풀이한 이들이 와이오밍에 있는 데블스 타워에 모인 밤, 그들은 구두점이나 느낌표를 동반한 해답을 찾게 될까요?

이따금 서울에서도 많은 이들이 동시에 한곳을 보고 '이게 대체 무슨 일인가' 하고 묻곤 합니다. 이때 사용하는 문장 부호는 느낌표와 물음표가 다수인 가운데 말줄임표도 있습니다. 질문에 대한 답은 유보한 채로 의문 그 자체를 가만히 곱씹기도 합니다.

와이오밍에서도, 서울에서도 한 공간에 모인 이들이 바라본 것은 미지가 아닌 현실이었습니다. 미지와의 조우를 통해 분명해진 건 현실이었던 것이지요. 그러므로 오늘도 미지를 만나러 갑니다. 미지를 만나면 무엇이든 물어보겠습니다.

〈미지와의 조우〉

원제를 직역하면 '제3종 근접 조우'로 외계인과 만나 교류한다는 의미입니다. 그렇다면 자연히 1·2종은 무언가 하는 의문이 떠오르네요. 제1종은 미확인비행물체, 제2종은 외계인 목격입니다. 만남의 3단계 같기도 하네요. 영화의 시작은 이렇습니다. 세계 곳곳에서 외계의 흔적이 발견되면서 과학자들이 추적을 시작하죠. 시민들도 섬광이 이는 물체를 목격하고 의문을 품게 되고요. 마침내 데블스 타워에서 미확인비행물체를 발견한 정부는 독가스 유출을 빌미로 주민들을 대피시킨 뒤 외계인과 소통할 방법을 모색합니다. 진상을 눈치챈 시민들이 타워에 접근할 무렵 정부의 연구는 결실을 맺게 되는데요. 과연 외계와 조우할 때 인류의 소통 방식은 무엇이 될까요? 잠시 뒤 부끄럼 많은 외계인들이 모습을 드러냅니다.

✳

녀석은 완벽한 유기체야.

상냥한 포식자들

지구에는 수백만 종의 유기체가 존재하고 각각의 종은 나름의 방식으로 생존을 모색합니다. 모든 종이 별일 없이 산다고 말하기는 힘들어도 제법 질서를 갖춘 것처럼 보이죠. 인간의 시선으로 본다면 말입니다. 인간은 지구에 존재했던 포식자 가운데 공생하는 법을 연구하는 상냥한 포식자라고 부를 수도 있지 않을까요. 비록 지구를 꾸준히 오염시키고는 있지만, 다른 종의 멸종을 막으려는 노력도 틈틈이 하고 있으니까 말입니다.

여기에는 함정이 있습니다. 물고기는 인공 연못이나 수족관에 있고 도시 곳곳에서 동물원이 성업 중이죠. 인간의 밥상에는 매일 다양한 종이 오르내리고요. 더군다나 인간이 지구를 망치는 속도에 가속이 붙고 있습니다. 해양 생태학자의 연구에 따르면 지금까지 생산된 거의 모든 플라스틱이 분해되지 않고 땅속과 바닷속에 존재한다고 합니다. 플랑크톤은 인간이 배출한 미세 플라스틱 입자를 그대로 삼켜 독성 물질을 축적하고, 물고기는 플랑크톤을 섭취하며 그 영향을 고스란히 받아내고요.

공존이라고 말하기에는 참으로 민망한 풍경이지요. 이게 다 인간이 최상위 포식자이기 때문입니다. 포식자라고는 해도 인간에겐 치명적인 약점이 있는데요. 아주 오래전부터 진화했으나 여전히 불완전한 존재라는 것이지요. 피를 오 리터 이상 흘리면 죽고, 엿새간 수분을 섭취하지 않아도 죽습니다. 무거운 쇳덩이에 부딪혀도 죽고, 날카로운 물체에 찔려도 죽습니다. 그 모든 위협에서 벗어난들 인간의 수명은 고작 백 년 남짓이고요.

　에이리언은 여기에서 탄생합니다. 저 멀리 우주에서 광석을 싣고 돌아오던 우주 화물선 노스트로모호. 지적 생명체의 신호가 잡힌 LA-326 행성에 도착한 그들은 기이한 생명체와 조우합니다. 그 생명체, 에이리언은 인간을 단숨에 파악하고는 괴상한 입을 내밉니다. 한 승무원은 미지의 생명체에 접근할수록 감탄하며 경의를 표하는데요. 마침내 그 승무원이 완벽한 유기체라는 탄식을 내뱉을 때, 그는 에이리언의 먹이가 됩니다. 완벽한 유기체란 호칭을 인간 대신 먹이사슬 꼭대기를 차지한 존재에게 선사한 것이죠. 불완전한 인간이 불안과 공포로 그려낸 새로운 종의 사슬은 그러므로 위태롭습니다.

〈에이리언 1〉

Alien, 1979

에이리언 시리즈의 서막을 알린 영화입니다. 생경하고 이질적이라는 의미의 '에이리언'에는 '외국인'이라는 뜻이 따라붙습니다. 인간이 경계 너머의 생명체에 갖는 경외감과 공포심은 에이리언의 외형에서 강렬하게 드러나는데요. 가공할 만한 힘과 질긴 생명력은 지구의 상냥한 포식자들을 단번에 사로잡았습니다. 영화가 공개된 건 1979년이지만 국내 개봉은 1987년이었는데, 먼저 소개된 〈에이리언 2〉가 흥행을 거두자 뒤늦게 개봉한 것이죠. 이후로도 데이비드 핀처, 장 피에르 주네 감독이 연출을 맡아 3편과 4편이 제작되었고 프리퀄에 해당하는 〈프로메테우스〉와 〈에이리언: 커버넌트〉는 리들리 스콧 감독에 의해 만들어져 2012년과 2017년에 개봉했습니다. 안과 밖, 내부와 외부를 가로지르는 공포의 생명체는 식민지와 냉전을 거쳐 난민과 환경, 종교 문제를 아우르며 보폭을 넓혀가고 있습니다.

✳

그 기억도 모두 사라지겠지.
빗속의 내 눈물처럼.
이제 죽을 시간이야.

리들리 스캇 〈블레이드 러너〉

사라지지 않을 겁니다, 애도하는 이들이 있거든요

죽음을 받아들이는 다섯 단계가 있습니다. 1단계는 부정과 부인, 2단계는 분노, 3단계는 타협, 4단계는 우울, 5단계는 수용입니다. 4단계로 분류하거나 단계별 상태를 다르게 표현하는 경우도 있지만 부정에서 시작해 수용으로 끝나는 궤적만은 유사합니다. 실제로 많은 이들이 내비게이션 따라가듯 이 경로를 탐색하고 따릅니다. 죽음은 누구에게나 찾아오지만 늘 갑작스러우며 끝내 받아들일 수밖에 없는 까닭입니다.

생명의 종착지는 죽음입니다. 지극한 사람이든 끔

찍한 사람이든, 그리하여 나 자신이라고 하더라도 죽음 앞에서는 손쓸 틈 없을 만큼 무력하기만 합니다.

하지만 시간은 다르게 흐릅니다. 누군가는 천천히 맞이하고 어떤 이들은 순식간에 휩쓸리는데요. 시한부 선고 없이 노동 현장에서, 도로 위에서, 은하계 어딘가에서 유명을 달리하는 이들이 있습니다. 인간과 동등한 지적 능력과 인간보다 앞서는 신체 능력을 지닌 복제 인간 리플리컨트Replicant는 여러 행성에서 강도 높은 노동에 시달리며 인류의 노예로 살아갑니다. 이들의 수명은 고작 4년. 식민지 행성에서 리플리컨트 일부가 자신들의 처지에 분노하여 폭동을 일으키고 창조주를 쫓아 지구를 찾습니다. 수명을 연장할 해결책이 없다는 걸 확인한 마지막 리플리컨트 로이 배티는 창조주에게 죽음을 선사하고 자신을 폐기하기 위해 출동한 특수 경찰 릭 데커드와 일전을 벌입니다. 추격전을 펼치다가 추락할 위기에 처한 릭 데커드를 구하는 건 그의 적 로이 배티죠. 로이 배티는 4년 간의 고단한 삶이 끝나기 직전 릭의 손을 잡고 공포 속에서 사는 기분이 어떤지 물으며 그게 노예의 기분이라고 말합니다. 자신은 받아보지 못한 동정을 베푼 뒤 비로소 최후를 맞은 리플리컨트는 어쩔 수 없이 인간을 닮았습니다. 다만 그들이 시도한 투쟁을 우리는 하지 못했습니다. 어쩌면 죽음으로 가는 길을 부수지 못하고 끝내 따르는 태도가 인간의 한계는 아닐까요.

창조주를 찾아 묻고 따지지 못한 채 속절없이 죽음을 보아왔습니다. 수많은 죽음을 보았음에도 버틸 수 있었던 힘은 숨어 있는 6단계, 애도에 있다고 말하고 싶습니다. 애도하는 마음이 우리를 여기까지 끌고 왔다고요. 오늘도 죽음의 곁을 살피는 사람들이 있습니다. 그들이 있기에 죽은 이들의 기억은 사라지지 않을 겁니다. 리플리컨트가 흘린 빗속 눈물처럼, 그의 곁에 남은 릭 데커드처럼 말입니다.

〈블레이드 러너〉

Blade Runner, 1982

당시만 해도 먼 미래였던 2019년을 배경으로 인조인간인 리플리컨트를 판별하고 폐기하는 임무를 맡은 특수 경찰 블레이드러너와 자신의 창조주를 만나기 위해 지구로 온 리플리컨트의추격전을 그린 작품입니다. 2018년에 개봉한 〈블레이드 러너2049〉의 전작이기도 하죠. 원작 소설인 《안드로이드는 전기양의 꿈을 꾸는가?》를 쓴 필립 K. 딕은 초현실적이고 염세적인SF 문학의 선구자입니다. 미래나 우주를 배경으로 하지만 지극히 현실적인 인식에 기반을 둔 그의 작품들은 SF 영화의 든든한 토대가 되기도 했지요. 전체주의 사회에서 억압당하는소시민의 불안과 우울, 허무는 오늘날 우리 모습과 별반 다르지 않습니다. 그의 작품이 시대를 뛰어넘어 복기되는 이유겠지요.

불길한 생각이 들어…
이게 정말 꿈이면 어떡하지?

폴 버호벤 〈**토탈 리콜**〉

흐르는 강물처럼

한 남자가 있습니다. 그는 이상한 꿈을 꿉니다. 한 번도 가본 적 없는 행성인 화성이 등장하고 아내가 아닌 다른 사람과 사랑을 나누기도 합니다. 꿈속에서 그는 정부에 대항하는 위험한 인물로 꼽히며, 정부군의 공격을 받습니다. 그 위협감이 남자를 사로잡고 일상을 뒤흔듭니다. 그는 한 기업의 도움으로 꿈과 현실을 뒤집고 나서야 어느 쪽이 꿈인지 묻습니다.

생생한 꿈을 꿀 때가 있습니다. 꿈속 일들이 너무 생생해서 소리 내어 말도 하고 눈물을 흘리기도 하죠.

반대로 꿈 같은 현실이 있습니다. 예상치 못한 상황에 자신이나 주변 사람에게 거듭 묻고 나서야 현실임을 깨달을 때가 있습니다. 두 가지 체험을 개인의 관점에서 보면 큰 차이가 없을지도 모릅니다. 꿈속 일이든, 현실이든 개인은 이미 감각했기 때문이죠.

꿈은 쉽게 잊히고, 현실의 경험도 모두 기억되는 건 아닙니다. 인간의 기억장치는 불안정해서 어떤 순간은 속절없이 잊히고 맙니다. 복제될 수 없고 이동하지도 않습니다. 그 어떤 노력도 손실과 변형을 막을 수 없는데요. 그러다가 기억은 문득 돌아오기도 합니다. 어느 날 문도 두드리지 않고 들어와 기억의 주인을 찾는 것이지요. 침대 위에서 '이불킥'을 시전하는 이유도 그 탓이고요.

시냇물처럼 인간의 시간도 거꾸로 흐르지는 않습니다. 현재는 오직 과거가 됩니다. 지금이라고 이야기하는 순간이 벌써 시간이라는 강물에 휩쓸려 저만치 흘러가고 있네요. 그러므로 과거를 바꾸거나 원하는 대로 기억하는 건 영화에서나 가능합니다. 현실로 나온 인간은 그저 순간을 믿고 이곳의 삶에 충실할 뿐이죠.

"이게 정말 꿈이면 어떡하지?"

사랑하는 사람이 이렇게 묻는다면 상대방의 볼을 꼬집을 게 아니라 말 한마디가 필요합니다.

"그럼 깨어나기 전에 키스해줘요."

〈토탈 리콜〉

Total Recall, 1990

가상의 기억을 주입해 실제 경험과 같은 효과를 내는 '리콜 Rekall' 서비스를 이용할 수 있다면 어떤 기억을 주입하시겠습니까? 2084년 신도시의 공사장 인부로 일하는 더글러스 퀘이드는 화성에 관한 상품을 구입하지만 기계가 오작동을 일으키면서 지구와 화성을 넘나들며 놀라운 진실과 마주합니다. 무엇이 현실이고 어느 게 진짜인지, 그 경계의 모호함에 대한 질문이 선명히 담긴 작품이죠. 낯선 행성의 음울한 분위기와 기묘한 인물들의 등장은 〈주말의 명화〉를 본 (저를 포함한) 십 대들에게 꿈과 희망과 절망을 심어주기에 충분했습니다.

✳

내가 무슨 수로 이겼는지 알고 싶어?
난 되돌아갈 힘을 남겨두지 않아, 안톤.
그래서 널 이기는 거야.

앤드류 니콜 〈가타카〉

깊은 밤을 날아서

천재는 노력하는 자를 이길 수 없고, 노력하는 자는 즐기는 자를 이길 수 없다는 말이 있습니다. 그 말은 경쟁 트랙에 진입한 이들에게 희망과 용기를 주곤 합니다. 천재는 될 수 없을지언정 즐길 수는 있으리라고 마음을 다잡게 되는 것이죠. 하지만 다짐만으로는 성공을 보장받지 못합니다. 성공하는 자가 있다면 반대편에는 실패하는 자의 자리가 있습니다. 바로 그들, 트랙을 뛰다가 주저앉은 이들은 저마다 실패 요인을 분석하는데요. 그중에는 인간이 어찌지 못하는 것도 있습니다. 이를테면 유전자가 그렇습니다.

유전공학의 발달로 수명과 신체 능력, 성격 등을 선택하여 임신할 수 있는 세계가 도래했습니다. 인공적으로 우수한 유전자를 부여받은 이들은 사회의 상층부를 구성하고, 자연 임신으로 태어난 이들은 부적격자로 낙인찍히는 사회. 우주 항공 회사 가타카의 우수 직원 제롬 모로우는 타이탄 행성으로 떠날 날을 앞두고 있는데요. 그는 다른 직원들과는 달리 부모의 자연 임신으로 태어나 선천적으로 심장이 약하고 근시이며 예상 수명은 서른 무렵이라는 판정을 받았지만 이를 극복하고 모두를 앞질렀습니다. 공식에 의거하여 노력하고 즐기는 자였던 걸까요? 그 질문에 대한 답변에는 예스와 노, 둘 다 필요합니다. 그의 노력은 전 분야에 걸쳐 이루어졌고 그 가운데 특별히 공을 들인 일은 신분 위조였습니다. 진짜 이름은 제롬 모로우가 아니라 빈센트 프리먼. 자연 임신으로 태어난 빈센트는 부적격자로 분류되어 우주로 갈 수 없다는 걸 알았습니다. 빈센트에게는 다른 이름, 다른 신분이 필요했고 회사에서 매일 진행하는 검사를 위해 자신의 유전자가 깃든 몸을 갈고 닦아 왔던 것입니다. 제롬 모로우의 피, 땀, 눈물을 자신의 몸에 쉬지 않고 덧붙인 끝에야 지구를 떠날 수 있었던 셈이죠.

어떤 승부에서는 다른 공식, 다른 전략이 필요합니다. 특히 규칙이 까다롭고 제약이 많은 게임일수록 그렇죠. 진정한 승리는 정해진 룰을 교란하고 전복하는 시도에서 이뤄집니다. 내친김에 그 게임을 고안한 사회를 차례로 뛰어넘어도 좋겠지요. 빈센트가 그의 삶을 두고 증명한 방법입니다. 그는 자신을 부정한 사회에 지지 않기 위해 힘을 쏟았고 마침내 원하는 것을 얻었습니다. 타이탄으로 향하는 우주 비행선 안에서 빈센트는 말합니다. 몸속 모든 원소도 별의 일부였으니, 나는 떠나는 것이 아니라 고향에 가는 것인지도 모른다고요. 고향을 택한 그는 되돌아갈 힘을 남겨두지 않았고, 그래서 이겼습니다.

〈가타카〉

Gattaca, 1997

유전 공학의 발달로 태어날 때부터 신분이 정해지는 디스토피아를 배경으로 한 영화입니다. 우주 비행사가 될 수 없는 빈센트 프리먼이 적격자 유진 모로우의 신분을 사고 마침내 제롬 모로우가 되어 토성으로 향하는 이야기이죠. 영화에서는 미래 기술을 장황하게 보여주는 대신 무대 미술을 통해 미래 사회의 넓은 단면을 구성해나갑니다. 오늘날 키와 질병, 우울감 등의 성격 요인마저 유전된다는 연구 결과가 속속 도착함에 따라 유전자 감식, 유전 공학에 대한 기대와 우려는 동시에 높아지고 있습니다. 인류는 영화가 보여준 세계를 따라갈까요, 아니면 그 세계를 밀어내고 새로운 단면을 그려낼까요. 어느 쪽이든 토성으로 가고자 하는 제롬 모로우의 의지를 막아 세우진 못할 것 같습니다.

저는 경험했지만
증명할 수 없습니다.

로버트 저메키스 〈콘택트〉

당신이라는 우주

막 태어난 인간이 배고픔을 증명하기 위해 필사적으로 우는 이유는 언어가 없기 때문입니다. 손가락을 꼼지락거리고 발버둥을 치는 것보다 확실한 표현은 목 놓아 우는 일이라는 걸 경험을 통해 축적한 것이죠. 울음으로 의사를 표현하는 시기가 지나면 어려운 계절이 도래합니다. 증명의 행군이 시작되는데요. 나라는 존재를 증명하기 위해 갖가지 시험에 들고 경쟁하고 반목합니다. 나이와 처지를 막론하고 증명할 수 없을 때 인간은 곤경에 처합니다. 법정과 종교 시설에서, 그리고 연인 사이에서도 증명은 까다롭습니다. 그곳에서 증명할 수 없음은 구속과 불신 그리고 이별로 환원됩니다.

열여덟 시간 동안 기이한 체험을 한 앨리 애로위 박사도 증명하지 못해 난감한 상황에 직면합니다. 박사는 '우주에 생명이 있고 지능이 있는 존재가 우리뿐이라면 엄청난 공간 낭비'라는 신념으로 연구에 몰두하다가 외계 존재를 만납니다. 다만 그 경험을 증명하지 못하는데요. 인간이 이룩한 문명과 인식 체계로는 설명할 수 없었던 것이지요. 그리하여 박사는 '증명할 수 없지만 존재한다'는 명제를 내세울 수밖에 없습니다. 누구도 그 말을 믿지 않는다고 해도 박사는 낙담하지 않습니다. 이미 경험했고, 그라는 우주가 지금껏 증명해온 것으로 증명했기 때문입니다.

증명을 위한 언어가 아직 오지 않은 이상 어떤 일은 증명할 수 없습니다. 언어를 얻기 위해서는 더 많은 이들과 접촉해야 합니다. 더 깊은 시간과 더 낯선 공간도 필요합니다. 증명이 아닌 존재를 위해서요.

〈콘택트〉

Contact, 1997

1990년 2월 14일 보이저 1호가 해왕성 궤도 밖에서 찍어 보낸 사진 속 지구는 창백한 푸른 점으로 보일 뿐입니다. 이 촬영을 기획한 천체 물리학자 칼 세이건은 사진을 두고 "우리가 서로 더 배려해야 하고, 우리가 아는 유일한 삶의 터전인 저 창백한 푸른 점을 아끼고 보존해야 한다는 책임감에 대한 강조"라는 메시지를 남깁니다. 이 영화의 원작이기도 한 칼 세이건의 소설 《콘택트》는 그와 유사한 시야와 관점을 품고 있습니다. 어린 시절부터 미지의 교신을 기다리며 단파 방송에 귀를 기울이던 앨리 애로위는 마침내 베가성으로부터 정체 모를 메시지를 수신하는데요. 그 내용이 은하계로 떠날 수 있는 운송 수단의 설계도로 밝혀지면서 전 세계는 희망과 혼란에 휩싸입니다. 저 아름다운 시공간 안에서 앨리가 겪은 열여덟 시간을 이제는 칼 세이건도 겪게 되었을까요.

✷

무엇이 진짜지?
어떻게 진짜라고 판단할 수 있지?
네가 보고 듣고 맡고 느끼는 건
단순히 두뇌가 해석한
전기 신호에 불과해.

워쇼스키 〈매트릭스〉

당신의 선택이 진짜입니다

삶은 선택의 연속입니다. 선택지가 무궁무진한 경우도 있고 인간의 오체처럼 오지선다형으로 제한된 경우도 있습니다. 중요한 선택이 끝나면 과업이 중단될 때까지 선택지가 닫히기도 합니다. 선택에는 책임이 따르기 때문이지요. 얼핏 하나를 결정한 것처럼 보여도 삶은 무수한 선택의 연쇄이자 과정입니다. 현재는 과거에 한 선택을 딛고 올라서서 미래에 올 선택을 내다보는 순환의 일부가 됩니다.

모피어스가 네오에게 건넨 알약이 그렇습니다. 파

란 약의 세계와 빨간 약의 세계도 선택의 영역이지요. 이 선택은 네오에게 유리합니다. 파란 약을 먹으면 기존 세계로, 빨간 약을 먹으면 새로운 세계로 가니까요. 네오가 무슨 약을 택하든 그곳에는 세계가 있고, 그 세계는 세계 안에 있는 동안 진실합니다. 네오는 빨간 약을 택합니다. 약을 삼키자 모피어스는 네오를 새로운 세계 '리얼 월드'로 안내하고 네오는 고통이라는 실감 끝에 빨간 세계로 편입됩니다. 기존에 알던 진짜는 더 이상 진짜가 아닙니다.

진짜는 그렇게 찾아옵니다. 가치를 추구하는 인간은 진짜라고 믿는 일에 자신의 능력을 투자합니다. 그리고 진짜를 널리 퍼트리기 위해 노력합니다. 그것이 종교라면 포교 활동을 할 테고 정치라면 투쟁할 테지만, 매트릭스는 엄연한 실체입니다. 매트릭스의 세계에서 진짜를 퍼트리기 위해서는 의심해야 하고, 맞서 싸워야 합니다. 막강한 적, 스미스 요원(들)과 기계 장치의 추적도 피해야 하고요. 이러한 고난은 진짜를 더 진짜이게 만듭니다. 전기 신호에 불과한 이벤트는 시련과 위기, 사랑을 거쳐 실체에게 도달합니다. 마침내 네오는 실감합니다. 과정을 통해서 진짜는 더욱 단단해지고 그럴듯해집니다. 그렇게 네오는 진짜가 됩니다. 단 하나뿐인 진짜가 됩니다.

〈매트릭스〉

The Matrix, 1999

세기가 바뀌면서 세상 모든 컴퓨터가 멈추거나 반란을 일으킬 거라는 흉흉한 소문으로 떠들썩하던 세기말, 기계 문명에 대한 공포는 〈매트릭스〉에 이르러 정점을 찍게 됩니다. 거리 곳곳에서 선글라스를 쓰고 검정 가죽 재킷을 휘날리며 'WHAT IS REAL?'이라고 묻는 선지자를 기다리는 사람들이 출몰했고, 이분법의 위험을 역설한 '파란 휴지, 빨간 휴지'는 '파란 약, 빨간 약'으로 바뀌어 선명한 상념을 선사했지요. '매트릭스'는 인공지능에 통제되는 미래 사회를 지칭하는 고유어로 자리 잡았고요. 문득 주위를 둘러보니 오른손에는 위치 정보가 수집되는 스마트폰, 귀에는 선 없이 블루투스로 연결되는 무선 이어폰, 손목에는 생체 정보를 수집하는 스마트 워치가 자리한 사람들이 바쁘게 곁을 오갑니다. 다시 돌아온 네오가 이런 우리를 스미스 요원(들)으로 인식하지는 않을까요.

✳

저를 왜 버리려고 해요?
인간이 아니라서 죄송해요.
허락하시면 인간이 될게요.

스티븐 스필버그〈에이 아이〉

왜 인간이 되려 하죠? 리얼하지도 않은데…

상상력이 풍부하면 겁이 많다고 하죠. 공포는 상상을 통해 실체화됩니다. 늦은 밤 인적이 끊긴 야산을 떠올려보죠. 한 발 한 발 내디딜 때마다 발밑에서 부스럭거리는 소리가 나고 멀리서 들짐승이 길게 우는 소리가 들립니다. 눈앞으로 이따금 정체를 알 수 없는 찬 공기가 밀려가고요. 이때 어디서 들었던 무서운 이야기가 스멀스멀 틈입합니다. 저 앞 무덤 속에서 죽은 자가 뛰쳐나와 잃어버린 한쪽 다리를 찾는다거나 낯선 존재가 갑자기 눈앞에 서 있는 장면 말입니다. 고개를 세차게 흔들어도 한번 떠오른 장면은 떼어내기가 힘듭니다. 그 위에 또 다른 상상을 덮어씌울 수는 있습니다. 다리를 찾는 시신에게 우스꽝스러운 분장을 그려 넣는다거나 눈앞의 낯선 존재를 행사장 풍선으로 탈바꿈시키는 것이지요.

인간은 오직 상상만으로도 심장 박동이 오르내리고 체온이 변할 만큼 연약하기 이를 데 없는 존재입니다. 이 연약한 인간은 끊임없이 이야기를 만들어내는데요. 이야기는 앞선 예와 같이 개별적 상상력만으로 만들어지는 것이 아닙니다. 종교와 사상, 가치와 같이 인류가 공유하는 감정도 이야기를 구성하는 요소가 되죠. '허구적 진실'로서 이야기는 공동체를 고양하고 결속하며 끝내 강화합니다. 〈에이 아이〉에서 현존 인류 이후에 찾아온 외계인은 인간에게 영혼이 있어서 부럽다고 말합니다. "인간은 삶의 의미를 수도 없이 설명해놨지. 미술로, 시로, 수학적 공식으로"라며 인간 존재를 치켜세우는데요. 그 말이 마냥 칭찬으로만 들리지는 않습니다. 그건 그냥 두려워서가 아니었을까요? 어린이 로봇 데이비드가 인간이 되고 싶어 했던 것처럼 인간 또한 '리얼'한 존재를 갈망해왔습니다. 데이비드의 긴 여정에 동참한 박사 조의 말처럼 인간이란 유기체는 볼 수 없는 걸 믿으면서 짧은 생을 버텨온 셈이죠. 유한이라는 공포에 상상을 덧씌우면서요.

이야기는 구전되며 확장합니다. 푸른 요정이 피노키오를 사람으로 만들었듯이 자신을 리얼로 만들어줄 거라고 믿는 데이비드의 여정이 가슴속까지 파고드는 까닭은 인간이 그 이야기를 만들었기 때문입니다. 우리는 문명이라는 이야기의 공동 저자이자 독자이며 교주이자 신도로 삽니다. 언젠가, 그게 설령 상상할 수 없는 먼 미래라고 할지라도 누군가에게 가닿기를 바라는 마음으로 생이 이어지는 동안 유무형의 이야기를 남깁니다. 그렇게 리얼을 꿈꿉니다.

〈에이 아이〉

A.I. Artificial Intelligence, 2001

가장 많이 운 책은 《나의 라임 오렌지 나무》, 가장 많이 운 영화
로는 〈에이 아이〉를 꼽는 사람들이 (저를 포함하여) 여럿 있습
니다. 그만큼 우리가 나약한 존재, 홀로 버틸 수 없는 생명체라
는 반증이 아닐까요. 부모에게 버려진 소년 데이비드의 여정
을 따라가다 보면 눈가는 뜨거운데 가슴은 무척이나 시린 양
극의 온도를 체감할 수 있습니다. 1969년에 발표된 SF 작가 브
라이언 올디스의 단편소설 〈슈퍼토이스의 길었던 마지막 여
름〉에서 모티프를 얻은 스탠리 큐브릭이 연출을 스티븐 스필
버그에게 넘긴 데에는 이런 감정의 스펙트럼에 대한 고려가
작용하지 않았을까요. 큐브릭이 만들었다면 더욱 시리디시렸
을 〈에이 아이〉를 떠올려보다가도 데이비드의 눈망울을 떠올
리면 또다시 눈물이 나는 것입니다. '감정이 있는 로봇'이라는
딜레마는 어쩌면 나약한 인간으로서는 최소한의 예의인지도
모르겠습니다.

✳

살인 없는 세상을 상상해보라.

스티븐 스필버그 〈마이너리티 리포트〉

그 세상은 유토피아일까요, 디스토피아일까요

성경에 '살인하지 말라'는 계명이 존재할 만큼 인간의 역사에는 삶을 빼앗는 행위가 비일비재합니다. 둔기를 휘두르거나 날카로운 도구로 찌르거나 방아쇠를 당기는 직접적인 방식뿐 아니라 노동 현장에 위험 요소를 방치하고 효율을 핑계로 이를 묵인하면서 타인의 삶을 빼앗아가기도 하죠. 전쟁이 끊이지 않고, 말한마디로 지옥을 만들어 내기도 합니다. 이러한 위협속에서 도덕과 규율이 생겨났지만 죽음의 행렬을 멈추지는 못했습니다.

인류는 마침내 사법 체계를 고안했습니다. 살인의 전말을 세세하게 따져 형벌을 부여하는 형식을 도입한 것이지요. 죄에 따라 합당한 벌을 부과하고 공표함으로써 공동체의 안녕을 꾀했으나 효과는 미미했습니다. 가해자에게 사형을 구형하고 교수형을 집행하면서 범죄의 해악과 처벌을 고지해도 어디선가 홀연히 살인이 일어났습니다.

강력 범죄를 예측해 범죄자를 사전에 구속하는 치안 시스템 프리크라임은 그런 배경에서 탄생합니다. 살인으로 살인을 막겠다는 전략은 과연 성공할 수 있을까요. 살인으로 살인 없는 세상을 만들었다면 축하할 일인지 생각해봅니다. 그러한 세상은 유토피아와 디스토피아 가운데 어느 쪽에 가까울까요. 나는 살인하지 않을 것이기에 이 논의에서 자유로울까요. 아니면 우리 중 죄 없는 자만이 예비 살인자를 돌로 칠 수 있을까요.

이런 질문이 윤리를 만들었고 생의 무게를 지탱해왔다고 믿습니다. 끊임없이 물을 때만이 선한 것을 세울 수 있습니다. 말하지 않고 듣지 않을 때 인간은 인간을 파괴합니다. 차별과 혐오의 언어를 만들어, 서로를 찌르기도 하겠죠. 그러므로 오늘도 나와 비슷한 것을 말하고 나와 다른 것을 듣습니다.

〈마이너리티 리포트〉

Minority Report, 2002

SF는 단연코 기능적인 장르입니다. 첨단의 지식과 기술을 배경으로 하면서도 우리가 가보지 못한 세계를 예측하고 추체험하는 장을 열어주니까요. 프리크라임 시스템도 도입 당시에는 그런 관점이었겠지요. 살인을 예측해 범인을 미리 체포한다는 개념은 무척이나 기능적으로 들립니다. 다만 예측된 살인자가 '나'가 아닐 때에 한해서겠지만요. 프리크라임의 시스템 팀장 존 앤더튼은 사회 구성원으로서 자신도 합의한 시스템의 딜레마에 갇히게 됩니다. 과연 그에게 덧씌워진 죄는 음모일 뿐일까요. 죄를 미리 예측한다는 것이 가능한지, 그에 따라 인간이 인간을 벌하는 일이 정당한지 무수한 질문이 솟아납니다. 언론을 통해 묘사되는 범죄 행위가 잔인할수록, 범행 수법이 낯설고 기괴할수록 인간의 기준과 윤리의 경계를 되짚어 묻는 사회에 살고 있습니다. 원작을 쓴 필립 K. 딕의 세계도 여기서 크게 멀지 않았던 것 같습니다.

✳

제발,
이 기억만은 남겨주세요.

미셸 공드리 〈**이터널 선샤인**〉

내가 사라지고 있는 것 같아

지우고 싶은 기억은 되도록 꺼내지 않으려고 합니다. 섣불리 소리 내어 말하거나 활자로 기록하면 잠들어 있던 디테일이 세를 불리고 온 힘을 다해 습격해올까 봐서요. 잊을 수 없다면 차라리 호명하지 않고 그 위로 시간을 층층이 쌓는 편을 택하겠습니다. 그 기억을 쉬이 눈치채지 못하도록 말이지요. 그렇지만 인간에게는 컴퓨터 폴더 속 파일처럼 특정 기억을 선택해서 삭제하는 기능이 없습니다. 한때 달콤했던 기어이라고 해서 뜨거운 커피에 빠진 각설탕처럼 녹아 없어지지도 않습니다. 인간이 지닌 섭씨 36.5도로는 아무 것도 녹이지 못합니다.

그 대신 인간에겐 과학이 있습니다. 과학기술의 발 달은 인간의 불완전함을 채워왔고, 한계를 경신해왔 습니다. 수십 년 사이 불치병이라고 생각했던 여러 병 증을 완화하거나 완치하는 데 성공했습니다만 안타깝 게도 사랑을 발전시키진 못했죠. 과학자들이 사랑에 대해서 알아낸 건 고작 사랑하는 이의 몸에서 일어나 는 물리적인 변화 몇 가지입니다. 사랑을 지속하고 갱 신하고 유지하는 데 과학은 아무 작용도 하지 못했습 니다. 과학 안에서 사랑은 발전하는 것이 아니라 오히 려 사라지는 쪽이었죠.

관계 맺기가 끝난 사랑을 완전히 잊게 하는 방법 이 있지 않을까, 사랑했던 기억을 지워 이별한 이들의 고통을 덜어줄 수 있지 않을까. 이런 기대로 '라쿠나 Lacuna'가 탄생합니다. 라틴어로 '잃어버린 조각'을 뜻 하는 이 업체는 고통스러운 기억만을 완벽하게 지워 주는 서비스를 제공하는데요. 주요 고객은 이별한 연인들입니다. 조엘도 옛 연인 클레멘타인처럼 기억을 지우기로 결심하죠. 전문 기술자가 입회한 가운데 조엘의 몸에 장치가 부착되고 시술이 시작되자 그의 기억이 점차 사라집니다. 이 과정은 연애의 역순입니다. 순조롭게 진행되던 시술은 클레멘타인을 처음 만난 날과 사랑이 시작되던 순간, 찬란하고 감미로운 기억과 함께 난관에 봉착하죠. "제발, 이 기억만은 남겨주세요." 조엘의 외침에도 시술은 계속됩니다. "왠지는 모르겠는데 무섭고 불안해. 마치 내가 사라지고 있는 것 같아." 기억 속 클레멘타인은 소멸을 예감한 듯 연인의 품에서 소곤거리고 조엘은 시술을 취소하겠다고 외치지만 기억 밖까지 닿지 않습니다.

과연 클레멘타인은 조엘을 지우고, 조엘은 클레멘타인을 지우고 고통 없는 세상에서 각자도생하게 되었을까요?

결국, 둘은 다시 만납니다. 서로를 지우려는 노력이 잠들었던 사랑을 깨웠고, 옛 연인을 한곳으로 움직이게 만들었습니다. 사랑이 과학으로 해명되지 않는 이

유지요. 그곳에 사랑이 있을지, 다시 고통이 깃들지는 아무도 알 수 없습니다. 오로지 그들이 믿는 건, 사랑하는 순간입니다. 순간은 기억하는 자에게 언제나 진실한 법이니까요.

〈이터널 선샤인〉

Eternal Sunshine of the Spotless Mind, 2004

뮤직비디오를 연출하고 광고를 제작하며 독특한 영상미를 구축한 미셀 공드리의 작품으로 〈존 말코비치 되기〉, 〈어댑테이션〉 등으로 알려진 찰리 코프먼이 각본을 썼습니다. 찰리 코프먼은 자신의 머릿속을 들락거리며 이야기를 길어 올리는 듯한 작가인데요. 그 기발한 상상력이 꿈의 세계를 그대로 재현한 듯한 이미지와 결합하면서 독특한 황홀경을 선사합니다. 헤어진 연인들의 기억만큼 불균형하고 부조화한 것이 또 있을까요. 그러므로 그 기억을 지우는 과정을 추적한다는 건 실낱같고 아스라한 경험이 될 수밖에 없습니다. 꿈을 닮았죠. 그리고 사랑도 닮았고요. 삭제하기 위해서는 재생해야 한다는 아이러니 속에서 사랑의 순간을 곱씹던 조엘이 울고 웃다가 끝내 절규하는 모습은 낯설지 않게 느껴집니다. 진지하고 소심한 조엘로 분한 짐 캐리의 연기만큼이나요.

✳

여러분,
이건 어디까지나 상품일 뿐입니다.
인간이 아니죠.

마이클 베이 〈아일랜드〉

그래도 인간

인면수심은 사람의 얼굴을 하고 있으나 마음은 짐승과 같다는 뜻의 사자성어입니다. 마음이나 행동이 몹시 흉악함을 이르는 말이죠. 비슷한 말로는 '짐승만도 못하다', '인간도 아니다'가 있는데요. 주로 강력 범죄를 접할 때 그들의 비인간성을 빗대어 나타내는 말로 쓰입니다. 어쩐지 짐승들에게 미안해지는데요.

저는 다른 표현을 씁니다. 끊임없이 사건, 사고를 일으키는 인간을 보노라면 '인간이네, 인간'이라고 중얼거리죠. 그래서 인간이고 그러니까 인간이라고요.

빛과 원한, 욕망과 질투, 권력과 시기를 발판으로 타인에게 고약하고 흉악한 짓을 지속해서 벌일 수 있는 생물은 발견되기로는 아직 인간뿐이니까요. '인간도 아니다'라는 말은 그러한 행위를 하는 인간을 동족으로 삼고 싶지 않은 마음이 만들어낸 표현일 텐데요. 저것과 나는 다르다고 경계를 세우고자 하는 마음은 저 역시 가지고 있습니다. 하지만 악행을 끊임없이 갱신해나가는 인간의 역사를 볼 때 저들과 내가 다르지 않다는 걸 인정할 필요가 있습니다. 그러니 저건 인간도 아니라는 표현은 최후를 위해 남겨두는 편이 좋겠지요. 그때까지 짐승이나 정체불명의 생명체가 아니라 오직 인간인 상태로 구분해두는 편이 좋을 것 같다는 게 제 의견입니다.

이식 가능한 장기와 신체 부위를 제공하는 바이오테크사의 대표인 메릭 박사는 상품인 복제 인간들에게 집중해줄 것을 요청합니다. '이것은 인간이 아니다'라고 반복해 말하면서요. 하지만 아일랜드에 갇힌 이들도 결국 인간이었습니다. 또한 자신의 생명 연장을 위해서 살인도 묵인하는 이들 역시 인간이었고요.

그러니까, 추악한 인간을 강력하게 비판할 때 이런 표현을 쓰는 건 어떨까요.

"인간아."

그의 몰염치함을 비방하며 동족으로서 그 행위를 사색해보는 감탄사로서 말입니다.

"인간아, 왜 사니."

〈아일랜드〉

The Island, 2005

자신을 지구 종말의 생존자라고 믿으며 제한된 구역에서 살아가는 이들이 등장합니다. 유일하게 오염되지 않은 희망의 땅 '아일랜드'로 가는 것이 그들의 바람이고요. 이 바람은 조금만 들여다보아도 희미해지다가 사라지는 신기루를 닮았습니다. 생명체가 모두 멸종한 지구 위에 유일하게 오염되지 않은 땅이 남아 있다는 것도, 선택받은 소수만이 아일랜드행 티켓을 거머쥔다는 것도 말이지요. 종착지는 그곳을 빠져나가야만 알 수 있을 테니까요. 링컨과 조던이 진실에 접근할수록 이들을 제거하려는 위협은 크고 뚜렷해집니다. 참으로 비정하고요. 어쨌든 유전 과학이나 인간 복제만을 탓할 수는 없겠지요. 모든 건 인간의 일인걸요. 몇 번이나 '아이고, 인간아'를 중얼거릴 수밖에 없는 까닭이고요.

✳

두 팔로 원을 만들어봐.
그 안은 네 공간이야.
네 공간 안에서는
아무 일도 일어나지 않아.

스티븐 스필버그 〈우주 전쟁〉

안전 가옥이 필요해요

숨바꼭질할 때 어린 아이들은 눈을 가립니다. 내 눈에 보이지 않으면 상대방도 나를 보지 못한다고 생각하죠. 술래에게 몇 걸음 벗어나기보다 두 손으로 눈을 가리는 쪽을 택합니다. 아이들에겐 비밀이지만, 영화속 대사처럼 그들(술래, 혹은 외계인)은 이미 여기에 있습니다. 눈을 가린 아이를 지켜보고 있죠. 술래의 기척을 느끼고 발을 동동 구르는 아이를 바라보며 미소짓습니다. 아이가 조금 더 자라면 숨바꼭질은 훨씬 복잡해집니다. 아이는 두려움을 참아내면서 어둠 속에

숨는 법을 터득하는데요. 지형지물을 이용하기도 합니다. 문과 벽 사이를 파고들고 침대 밑이나 옷장 안에 숨는 것이지요. 불을 끄고 옷장 문을 닫은 뒤 천을 뒤집어쓰고 어둠을 불러옵니다. 어둠과 함께, 어둠의 시간을 인내합니다.

성인이 된 뒤라면 사정은 달라집니다. 일단 숨바꼭질의 동인이 중요하죠. 놀이라면 적당한 곳을 찾아 적당한 시간 동안 숨겠으나 목숨이 달린 상황에서 선택이 같을 순 없습니다. 술래에게 벗어나기 위해 전속력으로 달리거나 술래가 더는 술래일 수 없도록 과감히 터치합니다. 더는 어둠을 안전하다고 느끼지 않고요. 어둠 속에 자리가 없기 때문입니다. 성인이 되는 동안 무수히 많은 것을 보이지 않는 곳에 숨겨왔거든요.

일상의 공간이 더는 안전하지 않을 때 재난은 시작됩니다. 불안이 공포로 자라납니다. 다리가 여럿 달린 커다란 정체불명의 괴물이 땅속에서 솟아올라 사람들을 잿더미로 만들자 레이 페리어는 아이들을 데리고 숨바꼭질을 시작합니다. 미지와의 조우를 피해 안전한 곳을 찾아 떠난 여정은 좀처럼 끝나지 않는데요. 어렵사리 찾아낸 안전 가옥에서도 기어코 괴물의 방문을 받습니다.

이때 레이 페리어는 아이들에게 새로운 안전 가옥에 대해 설명합니다. 단 한 명을 위한 공간을 말이죠. 그렇습니다. 평화를 되찾기 위해서는 몇 가지 절차가 필요하지만, 예외적인 경우도 있습니다. 가장 신뢰하는 존재의 말 한마디가 있다면 우리는 언제고 안전을 보장받을 수 있습니다. 그는 우리의 대리인으로서, 혹은 파수꾼이자 문지기로서 충실히 복무합니다. 그가 이곳은 안전하다고, 술래가 너를 찾지 못할 거라고 말해준다면, 네 공간 안에서는 아무 일도 일어나지 않을 거라고 선언한다면, 우리는 비로소 평화를 얻을 수 있습니다. 그를 믿는다면, 그를 사랑한다면, 그가 곁에 있다면 우리는 오늘도 안전할 수 있습니다. 이것은 오늘 당신이 사랑을 말해야 할 단 하나의 이유가 되겠지요.

〈우주 전쟁〉

War of the Worlds, 2005

누구에게나 안전 가옥이 필요합니다만 그 공간에 소수자 혐오, 광적인 신앙, 폭력 성향의 극우주의가 포함된다면 가옥은 지옥으로 변모할 테지요. 허버트 조지 웰스의 동명 소설이 라디오 드라마로 방영될 때 진짜 뉴스로 착각한 사람들이 피난에 나서면서 미국 전역을 패닉으로 몰아넣었다는 에피소드는 충분히 납득이 갑니다. 당시는 나치 독일의 위협이 커지던 시기였으니까요. 이 내재된 불안이 9·11 테러 이후에는 진짜 폭격과 침공으로 이어집니다. 그리고 다시 오늘날 외부자에 대한 혐오와 광신, 폭력과 맞물리고요. 이 공포에는 무엇보다 실체와 대상이 뚜렷하지 않습니다. 영화에서 침공한 외계인들의 원인과 목적, 전멸 이유를 명확히 알 수 없듯이 말입니다. 다만 공포는 내재된 흔적을 남깁니다. 흙터처럼 깊은 고랑을 낸 다음에 그 위를 지나가는 이들의 발목을 낚아채지요. 영화와 현실이 겹쳐 보이는 까닭입니다.

✳

뭐가 보이나?

대니 보일 〈선샤인〉

말할 수 없다면

평온한 일상을 살아가다 보면 기막힌 우연은 운명이 되고, 운명은 다시 일상이 되곤 하죠. 제아무리 놀라운 일이라도 오래 지속되면 무뎌지게 됩니다. 지구가 둥글다는 것이나 빠른 속도로 자전한다는 것도 그렇습니다. 그 상태로 태양 주변을 빙빙 돌기까지 하는데도 말이죠. 우리는 돌고 또 도는 지구를 잊고 삽니다. 좀처럼 체감할 수 없기 때문에요. 그래서 어떤 이들은 그 사실을 의심하고 회의하면서 지구 평면설을 믿는다고 합니다.

상황이 이쯤 되면 달에 사는 아무개도, 수성에 사는 모씨도 자신들의 행성이 돌고 있다는 사실을 가끔 잊고 있지는 않을까요. 이 은하계가 질서와 균형을 기적적으로 유지하는 동안에는 말이지요. 만약 질서와 균형에 문제가 생긴다면 해결을 시도할 이들은 생존이 위태로운 쪽이겠죠.

그들을 만나기 전에 한 가지 더 상기해야 할 점이 있습니다. 지구에 사는 우리는 보이는 걸 쟁취하면서도 보이지 않는 것을 갈망해왔다는 점입니다. 인간은 보이지 않는 무언가에 손을 뻗은 자들의 일화를 전파하고, 심지어는 조작하고 찬양했습니다. 이쪽에 앉아 저쪽을 바라보는 자에게 뭐가 보이는지를 물으며 얻지 못한 풍경을 얻고자 했지요. 답이 없을 때는 슬쩍 무용담이나 신화를 만들어버렸습니다. 저쪽 언어는 어딘가 다르고 신묘하다는 믿음으로 해석을 주저하며 저쪽에 닿을 존재를 기다려왔습니다.

빙하기에 가까운 추위가 지구를 뒤덮습니다. 태양이 열기를 잃어가기 때문이었죠. 2050년과 2057년,

태양을 재점화하기 위해 핵물질을 싣고 이카로스호가 떠납니다. 이 우주선에는 핵물질을 보관한 적재함 외에도 특별한 공간이 있습니다. 바로 전망대인데요. 우주인들은 이곳에서 수시로 다른 행성을 봅니다. 식었다고는 해도 워낙 눈부시고 뜨겁기 때문에 인체를 보호할 장막이 필요합니다만, 어떤 이들은 장막 없이 미지의 행성과 마주하고 싶은 욕망을 품습니다. 행성을 직시하면 무언가 대단한 걸 발견할 수 있으리라는 기대가 머릿속에서 떠나지 않는 모양입니다.

그렇게 시간이 흐릅니다. 지구와 태양 간의 거리는 일억 오천만 킬로미터에 달하니까요. 여정은 길고 그들은 지쳐갑니다. 그리하여 장막 없이 태양을 마주하는 이들이 생기죠. 만류하던 이들도 태양과 마주한 이의 관찰기를 듣고 싶어 합니다. 하지만 태양 앞에서는 이쪽의 언어를 잃게 됩니다. 이미 다른 물질이 되거나 저쪽 세계로 건너간 까닭이죠.

지구는 자전축을 중심으로 회전하면서 태양 주위를 1년 주기로 돕니다. 이카로스호는 우주를 항해하며

태양과의 거리를 좁히고요. 그 모든 걸 볼 수 없어도
우리는 여전히 평탄하고 평온한 일상을 살아갑니다.
이따금 그들의 모험을 상상하면서 말이죠.

2057년 태양이 소멸을 앞두고 있습니다. 생존이라는 신호에 강력한 빨간불이 켜지자 인류는 거대한 핵폭탄을 이용해 태양을 되살리려 합니다. 태양이 완전히 꺼지기 전에, 지구가 얼어붙기 전에 태양을 되살려야 할 임무가 이카로스 2호에 맡겨집니다. 7년 전에 이카로스 1호가 같은 작전을 수행하러 떠났지만 중간에 교신이 끊겨 시기적으로도 마지막 시도이고요. 절체절명의 상황을 고려하면 빛을 구하러 가는 이들의 여정은 한없이 어둡고 고요하고 암울하기만 합니다. 그 때문에 빛을 갈구하고 태양에 사로잡히는 승무원들의 심정에 공감이 가기도 하는데요. 정신을 차리고 보면 어느덧 그들의 사연보다 태양에 눈길이 붙들리곤 합니다. 그야말로 태양의, 태양에 의한, 태양을 위한 영화라고 할까요.

✳

나는 당신을 봅니다.

제임스 캐머런 〈아바타〉

그리고 당신은 나를 봅니다

우리는 잠에서 깨어나 다시 잠들기까지 줄곧 화면을 들여다봅니다. 주로 스마트폰이나 모니터를 통해서 말이죠. 액정 화면 속에 맺힌 존재들을 보며 웃고 울고 일을 하고 밥을 먹고 이동하고 잠듭니다. 화면 속 존재가 나를 보지 못한다는 사실은 무척이나 익숙한 일이 되어서 보는 일은 보는 자가 통제할 수 있다는 믿음도 생겼습니다. 일찍이 미셸 푸코가 '보는 시선이 지배하는 시선'이라고 말한 데에는 그만한 이유가 있었던 셈입니다. 사정이 이렇다 보니 현실 속에서 타인을 보는 일조차 모니터의 인물을 바라보듯이 하는 경우가 생깁니다. 자기가 틀어놓은 채널을 관람하듯 물끄러미 타인을 보는데요. 그 시선에는 책임과 염치가 결여되기도 합니다. 특별한 경우를 제외하면 타인의 시청을 종료시키는 일은 의외로 간단합니다. 마주 보면 그만입니다. 그래도 시선을 유지한다면 이렇게 말하는 건 어떨까요.

"나는 당신을 봅니다."

〈아바타〉로 유명세를 탄 판도라 행성에 사는 나비족의 인사말이기도 한데요. 지구인 제이크 설리가 나비족인 네이티리에게 배운 이 인사말은 인사가 지닌 의미를 오롯이 드러냅니다. 내가 타인을 보는 동안 타인도 나를 보고 느끼는 방식은 제이크에게 변화를 가져다주는 첫 번째 계기가 됩니다. 제이크는 판도라 행성에서 수많은 이들을 보고 변화한 것이지요.

보는 일은 단순하지 않습니다. 관찰하는 행위의 목적은 이해니까요. 바꿔 말해, 다른 사람을 이해하고 싶다면 봐야 합니다. 상대도 나를 볼 수 있도록 눈높

이를 맞추고 마주해야 합니다. 그때 보는 행위는 권력의 시선이 아니라 교감과 책임 그리고 연대의 제스처입니다. 보는 행위만으로 우리는 이미 수많은 것에 연루되어 있습니다. 본다면, 봤다면, 지금까지 봐왔다면, 더 많은 책임과 더 깊은 연대가 필요합니다. 나는 당신을 봤고, 당신도 나를 봤습니다. 그런데 우리는 어디에 있나요?

에너지 자원 고갈로 우주 탐사를 나선 인류는 판도라 행성에
서 대체 자원을 발견합니다. 이내 중장비와 인력을 들여와 채
굴을 시도하고요. 행성의 원주민인 나비족이 이를 반길 리 없
습니다. 인류사에서 무수하게 펼쳐지던 장면이 행성을 옮겨
반복됩니다. 나비족은 자신들의 터전을 지키기 위해 싸우고
인류는 물러날 생각이 없죠. 반목이 계속되는 가운데 아바타
프로그램을 통해 전직 해병대원인 제이크 설리가 나비족의 공
동체에 잠입합니다. 3D 안경을 쓰고 새의 등에 올라탄 채 판도
라 행성을 누비던 우리는 이제 VR 장치를 착용하고 사건 현장
을 체험합니다. 기술과 영화는 어떤 신세계를 발견했나요. 그
곳에서 먼저 정중하게 인사를 건넵니다. 나는 당신을 봅니다.

우린 프로그램이 아니야,
사람이라고. 이해하겠어?

던칸 존스 〈더 문〉

모두 소멸하고 있잖아요

손오공처럼 분신술을 쓰고 싶을 때가 있습니다. 몇 명이 좋을까요? 한 명은 잠을 재우고 한 명은 업무를 처리하고 한 명은 요리를 시킬 수 있도록 세 명이면 적당할 거 같습니다. 원본인 나는 복제된 내가 제공하는 요리를 먹으며 스물네 시간 영화를 보는 거죠. 첫 번째 상영작은 〈더 문〉이 적당하겠네요.

원본의 처지에서 보면 분업화는 효율을 높여주고 삶을 윤택하게 만들어줄 테지만, 아무래도 복제된 이들을 만나게 놔두어서는 안 될 거 같습니다. 가끔은 나도 나 자신과 불화하는데 그들끼리 사이가 좋을 리 없기 때문이죠. 섣불리 만났다가는 언쟁이 붙고, 심하면 몸싸움도 벌어지지 않을까요. 도플갱어를 만나면 화를 면치 못한다는 괴담이 괜히 나온 게 아니지 싶습니다.

넓게 보면 복제는 도처에서 성황리에 시행 중입니다. 프로그램 속에서 우리는 이미 복제하며 살고 있죠. 21세기 초반에는 아바타를 만들어 미니홈피를 꾸몄고, 이후 다양한 SNS 공간에 나를 만들어 넣었습니다. 편집 가능한 디지털 세계에서 나는 분화합니다. 매체마다 다른 삶을 살게 되죠. 각기 다른 친구와 이웃을 만나고 다른 주제로 이야기를 펼쳐나가기도 합니다. SNS도 샘처럼 생애 주기가 있어서 시간이 지남에 따라 소멸하곤 하는데요. 휴면 처리되어 보이지 않는 곳에서 깊은 잠에 빠지기도 하고 서비스가 만료되어 없어지기도 합니다.

데카르트는 사백 년 전 '나는 생각한다. 고로 존재한다'는 코기토 명제를 만들어 자신의 존재를 증명했습니다. 시간이 좀 더 지나서 프로그램 안의 복제된 내가 자유롭게 사고하는 순간을 상상해보죠. 그곳에도 "전 당신을 지켜주기 위해서 여기 있는 거"라고 말하는 거티 같은 존재가 있을까요? 나를 돕는 거티에게 복제된 나는 이렇게 답하지 않을까요. "거티, 우린 프로그램이 아니야, 사람이라고. 이해하겠어?" 그리고 머지않아 원본인 내가 그를 발견하고 컴퓨터 바탕화면에 놓인 휴지통을 비워내듯 무심히 삭제하는 순간이 오겠죠. 복제된 내가 미처 반응하기 전에 말입니다. 애처로운 광경이지만 어쩌겠습니까. 다만 복제된 나에게 직접 전하고 싶은 말이 있습니다.

'진짜인 나도 조금씩 소멸하고 있다네. 그걸 알아주게. 나는 프로그램이 아니고 사람이지, 이해하겠나.'

〈더 문〉

moon, 2009

샘은 달 표면에서 에너지를 채취하여 지구로 보내는 일을 합니다. 통신위성이 고장 나는 바람에 지구와 단절된 채 인공지능 컴퓨터와 생활하며 단조로운 일상을 보내죠. 그럼에도 2주 뒤면 3년간의 파견 근무를 마치고 지구로 귀환할 수 있다는 희망이 그를 움직입니다. 귀환 날짜를 세어가던 그는 기지 안과 밖에서 환영을 보기 시작합니다. 급기야 자신을 닮은 인물과 마주하면서 샘의 일상은 의문투성이로 바뀌어버리죠. 영화는 그의 며칠간에 머뭅니다. SF 영화치고는 웅장한 세트나 현란한 시각 효과는 덜한 편입니다. 아내와 딸, 회사 직원이 잠깐씩 등장하지만 샘의 일인극으로 봐도 무방할 정도이죠. 그럼에도 심심한 일상극은 애틋한 지점으로 나아갑니다. 기지명으로 등장하는 '사랑SARANG' 같달까요.

✳

이곳 난민촌에는
외계인들이 격리, 수용되어 있습니다.

닐 블롬캠프 〈**디스트릭트 9**〉

이곳은 당신을 환영하지 않습니다

격리와 수용은 형벌과 치료, 보호 차원에서 시행됩니다. 다만 판단은 그 땅에 먼저 도착한 사람들이 하죠. 십여 년 전, 제가 사는 집에 길고양이 한 마리가 들어온 적 있습니다. 눈이 내리는 겨울밤이었는데요. 외출하고 돌아오는 길, 현관문을 여는 사이 어디선가 털이 복슬복슬한 생명체가 나타나 발목 언저리를 비비며 문턱을 넘어 들어온 것입니다. 밖은 몹시 추웠으므로 살짝 데운 우유를 대접한 뒤 사정을 물었으나 답은 들을 수 없었습니다. 지친 낯빛으로 우유를 연신 들이 컨 그는 순식간에 아랫목을 차지하고 잠이 들어버렸고 그 후로 우리는 3년여의 시간을 함께 보냈습니다. 외출할 때면 본의 아니게 그를 격리했는데, 이때의 격리는 형벌이 아니라 보호였다고 생각합니다. 종의 습속을 고려하면 그것은 형벌이었을지도 모를 일이죠. 그가 제 의도를 알아줬으면 좋을 텐데, 지금은 물을 수가 없습니다. 그가 신장 질환으로 무지개다리를 건넌 지도 오래전 일이니까요. 그 이후로 저는 온기를 지닌 생명체와 함께 지내는 일을 경계하게 되었습니다. 존재와 존재, 생명과 생명 사이의 크고 작은 차이를 조절하고 협의하는 일이 얼마나 어려운지를 깨달아서이기도 하지만, 그보다 더 위약하고 이기적인 이유도 있습니다. 제가 겨우 마련한 평화가 흔들리고 깨질까 봐 염려된다는 점입니다.

아직도 격리된 채 살아가는 존재들이 무수합니다. 젠더와 인종, 국가와 종교는 나와 너를 구별 짓는 결정적인 성분이 되죠. 상황이 이러하니 낯선 비행물체가 불시착하고 외계인이 나타난다면, 그들이 현금이나 타임머신, 비브라늄 등을 내밀지 않는 이상 환대할 가능성은 극히 적지 않을까요. 인류 역사를 통해서 충분히 짐작 되는 일이죠. 세계 각지의 난민 관련 뉴스를 들춰보면 좀 더 확고하게 수긍할 수 있습니다. 그것이 우리가 포함된 세계의 일입니다. 요하네스버그 상공에 도달한 외계인의 곤궁한 삶과 그 주변 인물들이 보여주는 낯설고도 익숙한 풍경에 가깝지요. 안쪽에선 보이지 않는 철조망이 둘러쳐져 있고, 접근 금지 표지판이 도처에서 바깥쪽을 향하고 있고요. 일단 설치가 끝난 뒤에야 평화와 안녕을 말하는 것이 인간의 양심이죠.

고양이와 함께 병원으로 가던 택시, 케이지 안에 있는 그에게 손을 뻗은 적이 있습니다. 그때 제 손등 위에 온기를 전해주었던 건 그의 작은 발이었습니다.

〈디스트릭트 9〉

District 9, 2009

지구에 불시착한 우주선, 외계 물질에 감염되어 변이하는 인물, 고립되는 개인과 폭력적인 정부…. SF 장르에서 그리 새로운 설정은 아닙니다만 우주선이 불시착한 곳이 남아프리카공화국의 요하네스버그라면 어떨까요. 1982년 요하네스버그 상공에 비행접시가 출현한다는 설정으로 시작하는 페이크 다큐멘터리 형식의 영화입니다. 2010년 남아공 정부가 디스트릭트 9의 정화를 위해 외계인을 요하네스버그에서 멀리 떨어진 지역으로 이주시키려는 계획을 실행하면서 본격적인 이야기가 펼쳐집니다. 이주를 통보하는 과정에서 외계인 관리국 직원 비커스가 외계 물질에 노출되는 사고를 당하고 그의 외형이 서서히 변해가죠. 그토록 차별하고 혐오하던 바로 그 모습으로요. 이제 그가 갈 곳은 디스트릭트 9뿐입니다.

생각은 바이러스처럼 생명력이 강해.
전염성이 강하고
원대한 계획의 씨앗이 되기도 하지.
한 사람을 규정하거나 파괴하기도 해.

크리스토퍼 놀란 〈인셉션〉

현실과 꿈을 나누고 합하면 삶이 됩니다

출근길 버스 안에서 우연히 들은 노래가 귓가에 맴돌 때가 있습니다. 유치한 가사와 단조로운 멜로디는 질색인데도 온종일 흥얼거리게 되지요. 이건 무슨 조화일까요.

코끼리의 경우도 마찬가지입니다. 코끼리를 생각하지 말라고 하면 코끼리가 떠오릅니다. 코끼리의 코가 길어서도, 육지에 사는 동물 가운데 몸집이 가장 커서도 아닙니다. 커다란 귀를 이용해 요술을 부리는 건 더더욱 아니고요. 누군가 코끼리를 말하는 순간, 그

큰 몸집을 이끌고 여기로 오기 때문이죠. 생각은 빛보다 빠라서 무언가 소리 내어 말하는 순간, 이미 소리 없이 도착해서 우리를 기다리고 있습니다. 꿈속에서라면 말할 것도 없고, 수업 시간이건 회의 중이건 생각만 하면 우주여행을 떠날 수 있는 것도 같은 이치입니다. 필요한 건 오로지 생각뿐, 돈이 들거나 첨단 과학기술을 요구하지도 않지요.

내가 아닌 타인에게 특정 생각을 주입하기 위해서는 돈과 약물, 그리고 몇 가지 장비가 필요합니다. 물론 이 행위는 엄연히 불법입니다. 코브와 그 일당은 로버트 피셔에게 특정한 생각을 심어달라는 의뢰를 받습니다. 생각을 심는 공간은 꿈이고요. 이것을 '인셉션'이라고 부릅니다. 코브는 그럴듯한 꿈을 설계하는 데 공을 들입니다. 꿈이 정밀해야만 그 안에서 품었던 생각이 살아남을 수 있기 때문이죠. 설계한 꿈이 로버트 피셔의 꿈속에서 겹겹이 쌓이는 동안 피셔는 생각에 열중합니다. 마침내 그가 가상의 금고에서 발견한 생각 하나가 있는데요. 그것은 원대한 계획의 씨

앗이자 한 사람을 규정하는 단서가 됩니다. 꿈에서 깬 이후 꿈은 휘발되고 생각은 남습니다. 현실에 도착한 피셔는 무언가 파괴할 계획을 세워나가죠.

꿈속이 현실과 같다면, 지금의 현실이 꿈이 아니라고 단정할 수도 없습니다. 누군가에게 꿈은 현실이고, 현실은 꿈입니다. 동전의 앞면과 뒷면처럼 인간에게는 꿈과 현실이 있습니다. 우리는 해가 떠 있는 동안 앞면으로 살고, 해가 지면 뒷면의 세계로 이동하는 것이지요. 그 반대도 가능합니다. 중요한 건 양쪽 면이 공존해야만 살아 있다고 느낀다는 점입니다. 사는 동안 생각하고, 생각하는 대로 삽니다. 현실과 꿈을 나누고 합하면 삶이 됩니다.

〈인셉션〉

Inception, 2010

꿈은 별안간 펼쳐집니다. 영화도 그렇죠. 극장에 들어가는 건 관객의 의도지만 조명이 꺼지고 어떤 장면에서 영화가 시작되고 끝날지는 감독의 의도입니다. 영화를 보면서 꿈과 현실이 뒤섞입니다. 잠깐 눈을 돌려 음영이 내려앉은 옆얼굴을 돌아본 뒤 다시 스크린 속으로 진입합니다. 그 꿈결 같은 세계로요. 이 영화의 장면은 대부분 현실인지, 꿈인지 파악하기 어렵습니다. 간혹 뫼비우스의 띠처럼 이어진 계단과 양편에 유리문을 세우고 끝없이 이어지는 길, 직각으로 꺾인 도로가 꿈을 꿈답게 만들 뿐이지요. 정신을 차리고 보면 주변은 현실과 다를 바가 없습니다. 그래서 꿈과 현실의 경계를 확인시켜줄 토템이 필요하지요. 두 시간의 러닝타임을 지나 영화라는 꿈에서 빠져나올 때 멈추지 않던 팽이를 보며 우리가 공동으로 내뱉은 탄식은 영영 두 세계의 통로에 머물러 있을 것 같습니다. 팽이가 꿈과 현실의 경계에서 어느 쪽도 가리키지 않고 영원히 돌기 때문이죠.

✳

세상을 구하고 올게요.

던칸 존스 〈소스 코드〉

나를 지키고 올게요

인생을 계단에 비유하는 사람들은 새해 소망을 실현하기 위해서는 오를 수 있는 목적을 설정해야 한다고 말합니다. 세부 목표를 단계별로 마련하고 성취의 감각을 쌓아가다 보면 끝점에 이른다는 논리이죠. 숨을 고르면서 보폭에 맞춰 한 계단씩 걸어야 하는 이 자기 계발에는 유감스럽게도 중대한 변수가 있습니다. 계단의 상태를 예측할 수 없다는 것이죠. 계단 폭이 제멋대로 늘어나기도 하고 갑자기 휘기도 하는가 하면, 저 멀리 보이는 층계참은 언제 사라질지 모릅니다. 이러한 변형이 시시각각 일어나는 이유는 계단을 수많은 이들과 공유하기 때문입니다.

우리는 수많은 문제를 이어받으며 딛고 버티고 견디며 걷습니다. 빙하가 녹고 방사능과 미세 플라스틱을 발견해내며 먼지 농도가 일상의 질을 좌우하는 여기의 세계를 공유합니다. 그 위협 속에서도 누군가는 종말을 맞고 누군가는 여명을 봅니다. 소리 없이 바통이 넘어가지요. 리셋 버튼을 눌러 태초로 돌아갈 수 없다는 건 희망일까요, 절망일까요.

'세상을 구하라'는 공동의 미션에 부여된 시간이 아직 촌각을 다투지 않는다는 건 분명 다행스러운 일입니다. 어떤 이들에게는 그마저도 제한적이기 때문이죠. 통근 열차 안에서 깨어난 콜터 대위의 사정은 이렇습니다. 8분. 오직 8분 안에 폭탄을 해체하고 범인을 잡는 임무가 그에게 주어집니다. 무리한 임무를 포기하지 않고 시도할 수 있는 건 시작점으로 돌아갈 수 있는 리셋 버튼이 있기 때문이죠. 수십 번 종말하고, 그만큼 탄생을 반복하면서 콜터는 자신이 직면한 위협을 인식하고 해결책을 강구합니다. 끝내 그가 구한 건 지역 주민들의 생명이면서 자신만의 고유한 세상입니다. 세상을 구하기 위해 자신의 목숨을 내놓는다는 20세기 영웅담은, 21세기에 이르러 세상을 구하고 자신의 세계를 지키는 미담으로 바뀌어갑니다. 자신을 지키는 일이 세상을 구하는 일과도 같다는 깨달음을 남긴 채로 말이죠.

〈소스 코드〉

Source Code, 2011

시카고행 기차 안에서 8분 뒤에 폭탄 테러가 발생합니다. 면접을 보러 가는 청년도, 호감을 품고 있는 직장 동료도 뜻하지 않게 테러에 휘말리게 됩니다. 그렇다고 해서 콜터 대위가 이들을 구하겠다고 직접 나선 것은 아닙니다. 말하자면 그는 그저 파견되었을 뿐이지요. 소스 코드를 통해서 말입니다. 그리고 전장에서 수행하던 것처럼 새로운 임무를 수행합니다. 어떤 현실에서는 실패했지만, 소스 코드 안에서는 실패란 없습니다. 8분 단위로 이어지는 끝과 시작이 있을 뿐이죠. 무수한 시도 끝에 콜터는 마침내 승객을 구하고, 자신을 구원합니다. 이 완벽한 해피엔딩 앞에서도 어쩐지 아련해지는 건 우리만은 전장에서 숨을 거둔 그, 소스 코드 안에서 무수하게 실패한 그(들), 다시 현실의 무게를 짊어지고 살아갈 그를 지켜보았기 때문이겠죠. 그것이 본다는 행위의 무게일 테고요.

✳

그들은 우리를 창조했지.
그다음 우리를 죽이려고 했어.
그들이 왜 마음을 바꿨는지 알아야 해.

리들리 스콧 〈프로메테우스〉

당신은 참 변덕스럽군요

나는 왜 태어났을까.

근원에 대한 물음은 놀다 지친 여섯 살 아이의 호기심이면서 기로에 선 마흔 살 성인의 고민입니다. 질문의 자리를 마련하고 답을 찾는 과정에서 부모로서 임기응변이 늘어났고 기술 문명은 발전했으며 사상과 철학을 성문화했습니다. 인간이 이토록 근원을 궁금하게 여긴 이유는 근원이 구원과 연결된다는 믿음에 있을 텐데요.

여기 인류의 근원에 다가선 사람들이 있습니다. 이

들은 2089년 스코틀랜드 스카이섬에서 삼만 오천 년 전 동굴벽화를 발견하죠. 별다를 거 없어 보이는 이 벽화에는 멀고 먼 행성의 좌표가 숨어 있었습니다. 탐사대원 엘리자베스 쇼와 찰리 할러웨이는 이를 선조가 남긴 초대장이라고 부릅니다. 마침내 2093년 12월, 웨이랜드 산업의 지원으로 프로메테우스호를 타고 우주 탐사를 떠나는데요. 그 행성에 무엇이 있을지 확신할 순 없지만, 적어도 벽화를 그린 존재를 만날 수 있으리라 기대합니다. 헛걸음은 아니었습니다. 행성에 도착한 첫날, 인간의 형상과 유사한 사체를 발견했고 그 사체에서 DNA를 추출하는 데 성공하죠. 엔지니어라 이름 붙인 그들이 인류와 백 퍼센트 동일한 DNA를 가지고 있다는 걸 알아냅니다. 그렇게 목적지에 가까워졌다고 믿을 즈음 시련이 닥칩니다. 기괴한 공간에 잠들어 있던 엔지니어는 자신을 닮은 이들에게 호의적이지 않았던 것이지요.

인간은 만들었던 걸 부수는 일에 능합니다. 오래된 가옥이 있던 자리에 아파트를 세우고, 도심의 빌딩이

낡으면 무너뜨린 다음 새로 쌓아 올리죠. 특정 길목에 인적이 늘면 동네 전체를 재개발하기도 합니다. 그렇게 더 나은, 혹은 나아 보이는 창조를 위해 기존의 것을 파괴하곤 합니다. 그러다 실패라고 여기면 또다시 파괴하고 다시 만들면 그만이고요. 엔지니어가 인류를 대상으로 실행하려 했던 계획처럼 말이지요. 그들의 계획이 실패한 덕분에 인간은 계속 물을 수 있습니다. 알고 싶은 게 아직 많이 남아 있으니까요.

⟨프로메테우스⟩

Prometheus, 2012

에이리언 시리즈의 전사에 해당하지만 독립적인 작품으로 보아도 충분히 매력적인 영화입니다. 에이리언만큼 위험하고 잔혹한 판도라의 상자가 열리니까요. 인간이 거기에 현혹되고 빠지지 않을 리가 없겠지요. 고대 벽화를 통해 신의 좌표를 따라온 과학자들이 예정된 행성에 도착합니다. 거기서 인류의 선조라고 할 만한 엔지니어를 발견하죠. 영화에서는 미처 묻기도 전에 목이 뽑히고 말았지만 엔지니어에게 '왜 우리를 만들었나요?'라고 묻는다면 어떤 대답이 돌아올까요. 할러웨이의 대답에서 힌트를 얻을 수 있습니다. 그는 같은 질문을 던지는 인공지능 로봇 데이비드에게 이렇게 답하거든요. "만들 능력이 되니까." 그렇다면 이제 우리는 어디로 가야 하는 걸까요.

＊

이게 밖으로 나가는 문이란 말이야.
18년째 꽁꽁 얼어붙어 있다 보니까
이젠 벽처럼 생각되는데,
사실은 저것도 문이란 말이지.

봉준호 〈설국열차〉

문밖으로 온 힘을 다해 도주하기를

평화의 봄 이후 주가가 상승한 차편이 있습니다. 시베리아 횡단 열차인데요. 저를 포함한 많은 이들이 서울에서 평양을 거쳐 모스크바를 지나 베를린에 닿는 궤적을 꿈꿨습니다. 그해 여름을 지나며 실시간 검색어 순위를 오르내린 또 다른 열차 편이 있었으니, 목적지가 없는 이 가상의 차편은 설국열차입니다. 얼어붙은 지구를 멈추지 않고 맹렬한 속도로 달리는 2045년의 설국열차 말입니다. 갑작스러운 평화가 시베리아 횡단 열차를 호명했다면, 설국열차가 탄생한 배경에는 폭염이 있었습니다. 지구온난화를 막기 위해 전 세계가 합심하여 CW-7이라는 화학물질을 대기층에 쏘아 올린 것을 두고, 영화적 설정이라지만 뭘 그렇게까지 하나 싶었는데 길고 무자비한 한여름 더위를 겪으면서 생각이 바뀌었습니다. 검증도 되지 않은 화학물질을 쏘아 올린 그들의 심정을 이해할 수 있게 된 것이지요. 그 정도 더위라면 충분히 그럴 만도 했던 겁니다.

상상력으로는 메울 수 없는 현실이 있습니다. 체감하지 않으면 완전히 이해하기 어려운 일이 세상에는 엄혹히 존재합니다. 혹독한 더위가 그랬다면 극심한 허기도 그렇습니다.

CW-7의 대량 살포 직후 거대한 한파가 세계를 덮쳐 새로운 빙하기가 도래하면서 지구상의 생명체는 멸종하기 시작합니다. 끝없이 달려야 하는 운명의 열차에 올라탄 사람들만이 인류 최후의 생존자가 되었죠. 간신히 꼬리 칸에 탑승한 이들은 하루하루 굶주렸고 아사자들이 발생하면서 절체절명의 위기에 놓였습니다. 먼저 죽은 사람을 먹었고, 그다음은 살아있는 사람을 노렸지요. 어느 틈에 순서가 뒤섞이기도 했을 겁니다. 연약한 자들에게 굶주린 시선이 따라붙었습니다. 이때 자신의 오체를 하나씩 절단해 내준 자가 있었으니, 그는 꼬리 칸의 성자가 되었고요. 곧이어 앞 칸에서 생존을 위한 최소한의 식품(프로틴 블록)을 배급하면서 자연스레 질서가 생겨났습니다. 그것이 열차의 균형이었죠. 열차의 총리 메이슨은 이렇게 말합니다.

"누구도 신발을 머리 위로 쓰진 않는다. 신발은 그러라고 만든 게 아니니까! 애초부터 자리는 정해져 있다. 나는 앞 좌석, 당신들은 꼬리 칸! 당신들 자리나지켜!"

십수 년간 몇 번의 항쟁과 반란이 있었지만, 꼬리 칸의 처우는 개선되지 않았습니다. 질 낮은 한 줌 식사와 취약한 위생은 여전했죠. 앞 칸을 차지한 이들이 아동 납치와 노동력 착취를 버젓이 자행하면서 분노는 높아갔습니다. 빈자들은 혁명을 원했고, 한 남자가 혁명의 깃발을 앞세우고 오랜 계획을 추진했습니다. 그는 앞 칸에 몰린 자원을 고르게 분배할 심산으로 엔진 칸까지 한 칸 한 칸 문을 열어젖혔지요. 문을 열기 위해 열차의 엔지니어 남궁민수와 그의 딸 요나가 합세하지만 그 둘의 목표는 남자와 달랐습니다. 앞쪽 문을 열어 엔진 칸을 탈취하는 게 아니라 옆쪽 문을 열고 이 지독한 세계에서 뛰어내릴 작정이었던 것이죠. 남궁민수와 요나가 원한 건 혁명이 아닌 전복이었던 셈입니다.

상상력으로 메울 수 없는 거리가 있습니다. 그 얘기를 뒤집어보면 상상력으로만 가능한 세계 또한 엄연히 존재한다는 것입니다. 그렇게 지켜낸 상상력은 기존 질서에 편입되지 않는 온전한 세계를 만들어냅니다. 다른 차원으로 뻗어가는 하나의 문이 되죠. 그것이 상상력에 권력을 부여해야 할 이유가 됩니다.

〈설국열차〉

Snowpiercer, 2013

1970년대에 시나리오 작가와 그림 작가의 구상으로 시작된 동명의 그래픽 노블은 30년이 넘는 시간 동안 두 명의 작가를 먼저 보내면서 시리즈를 완결했습니다. 설국열차만큼이나 긴 선로를 지나온 셈입니다. 그 여정 동안 동서 냉전의 시대는 자본주의 세계로, 그리고 극단적인 기후 변화라는 지구적 소용돌이 속으로 멈추지 않고 달려왔지요. 끊임없는 전복을 통해 절대 선인도, 악인도 없이 질주하기만 하는 욕망을 그려내는 시선은 얼어붙은 창밖만큼 냉혹하기만 합니다. 2013년 1월 1일 영화 개봉 전 영화사에서 설국열차의 탑승권과 여권을 나눠주는 프로모션을 진행했습니다. 저도 잽싸게 신청하여 발급받았고요. 이걸 쓰게 될 날이 오지 않기를 바라며 가끔 책상 서랍 맨 아래 칸을 내려다보는데요. 그러다가 고개를 들면 문득 방의 풍경에서 짙은 기시감을 느끼곤 합니다.

✳

내 속에는 늘 네가 한 조각 있고
난 그게 정말 고마워.
네가 어떤 사람이 되건,
세상 어디에 있건,
네게 사랑을 보낼게.

스파이크 존즈 〈그녀〉

그리고 더는 슬퍼하지 않을게

잘 사용하던 컴퓨터가 느려지는 데는 여러 가지 이유가 있는데요. 하드디스크를 사용하는 컴퓨터라면 디스크 조각 모음을 실행하는 것만으로도 처리 속도가 향상될 가능성이 높습니다. 컴퓨터의 기억장치는 어마어마한 수의 데이터를 입력하고 지우는 과정을 반복하면서 공간이 생기는데, 빈 영역이 증가하면 컴퓨터가 느려져 제 기능을 하지 못합니다. 디스크 조각 모음은 그 영역을 제거함으로써 데이터를 효과적으로 재정렬하여 처리 속도를 향상하는 일입니다. 이 작업은 짧게는 한두 시간에서 길게는 하루 남짓 걸립니다만, 효과는 탁월합니다.

잘 사용하던 인간의 뇌가 느려지는 데도 여러 가지 이유가 있을 텐데 그 해결책은 컴퓨터와는 다릅니다. 제정신을 차리는 데까지 걸리는 시간도 알 길이 없고요. 확실한 건 저마다 성능의 차이가 있겠으나 인간의 기억장치를 포함한 뇌는 그다지 신뢰할 만한 부품이 아니라는 점이죠. 처리 속도가 일정하지 않고 내구성 측면에서도 합격점을 받기는 어려울 거 같습니다. 인간은 손상에 대한 해결책을 찾기 위해 갖은 노력을 해왔고 분투 과정을 각기 다른 형식으로 기록해왔습니다.

테오도르가 사만다에게 보내는 편지에서 힌트를 얻을 수 있을 겁니다. '내 속에는 늘 네가 한 조각 있다'는 말에 밑줄을 그어보죠. 그리고 '사랑'에 동그라미를 그려 넣은 다음, 다시 테오도르의 편지를 들여다봅시다. 사랑하는 이가 떠난 자리를, 그래서 비어버린 영역을 하루아침에 재정렬할 수는 없습니다. 그 자리는 지울 수 있는 것이 아니니까요. 그와 공유한 시간과 감정의 자리는 고스란히 하나의 조각으로 남아, 고유한 영역을 차지합니다. 어떤 조각은 오래도록 재정렬되지 않고 그 자리에서 제 몫의 연산을 수행합니다. 원한다면 사랑을 보낼 수도 있습니다. '네가 어떤 사람이 되건, 세상 어디에 있건' 가능한 일이죠. 우리는 다른 사랑을 통해 배울 수 있고 깨달을 수 있습니다. 그러니 더는 슬퍼하지 않기를. 그걸 당신이 알아주었으면 좋겠습니다.

〈그녀〉
Her, 2013

편지를 대필해주는 업체의 전문 작가로 일하는 테오도르는 아내와 별거 중입니다. 그는 의뢰인의 마음을 헤아린 글을 써서 의뢰인이 원하는 상대에게 전해주는 일을 하지만 정작 자신의 마음을 돌보는 일에는 서툽니다. 외롭고 높고 쓸쓸한 감정을 끌어안은 채 하루하루를 살아가던 테오도르는 인공지능 운영체제 사만다를 만납니다. 사만다는 테오도르에게 최고의 대화 상대이자 삶의 동반자가 되지요. 자신의 목소리를 끌어내고 그 말에 귀기울여주는 사만다 덕분에 테오도르는 행복이란 감정을 깨닫습니다. 그리고 자신이 사만다와 사랑에 빠졌다는 사실을 인정하며 새로운 삶을 모색하죠. 현실의 우리는 언제쯤 사만다를 만날 수 있을까요? 주변 사물의 길이를 재는 숙제를 받아온 여덟 살 조카가 시리에게 "네 키는 몇이야?" 하고 물었다는 걸 보면 그가 성인이 될 즈음에는 사만다들과 친구가 될 수 있지 않을까요?

＊

내 말 들려?

알폰소 쿠아론 〈그래비티〉

아무나 제발 응답해줘

혼잣말의 범위를 좀 더 확장해보면 누구나 일상에서 혼잣말을 합니다. '아'나 '어'에 가까운 외마디 감탄사부터 공복이 길어져 배 속에서 나는 꼬르륵 신호, 재채기나 침 삼키는 소리까지 혼잣말에 속한다면 말이지요. 재채기를 할 때 누군가 내 이야기를 한다고 믿는 데에는 그만한 사정이 있었던 셈입니다.

사전적 정의와는 달리 혼잣말에도 수신인은 엄연히 존재합니다. 수신인은 바로 나입니다. 혼잣말은 내게 하는 말이니까요. 바깥을 거쳐 나에게 돌아오는 신호

이기도 하고요. 혼잣말은 나에게 보내는 인사이자 당부이며 응원의 말입니다. 또한 생존을 확인하기 위해 공간에 내 존재를 각인하는 일입니다. 그래서 혹자는 혼잣말을 '알아차림의 언어'라고도 부릅니다.

　허블 망원경을 수리하기 위해 우주를 탐사하던 라이언 스톤 박사는 혼잣말 분야에서 신기원을 이루었습니다. 그는 인공위성의 잔해와 부딪혀 우주를 표류하는데요. 그나마 연결되던 통신수단을 하나둘 잃으면서 혼자가 됩니다. "내 말 들려?", "아무나 제발 응답해" 등의 질문을 거듭하지만, 답변은 돌아오지 않습니다. 시간이 갈수록 산소는 희박해지고 우주는 암흑입니다. 절체절명의 순간, 그가 택한 말하기 방식은 혼잣말이었습니다. "돌아갈래, 여기 있을래? 알아, 여기가 좋긴 하지. 그냥 시스템 다 꺼버리고 불도 다 끄고 눈을 감으면 세상 모두가 잊히잖아. 여기선 상처 줄 사람도 없고, 안전하지. 계속 살아서 뭐 할 거야?" 그는 모든 통신 채널을 잃었다고 여겨지는 찰나, 혼잣말을 통해 대화에 성공합니다. 그것은 이누이트족 아닌가크와의 대화이면서, 동료 우주인 코왈스키와의 대화이자, 자신과의 대화였죠.

아무것도 물을 수 없고 묻고 싶지도 않은 순간에 떠올릴 만한 사람이 있었으면 합니다. 간절한 외침에 응답할 단 한 사람, 그 사람이 떠올랐나요? 그렇다면 우선 이 말을 기억해두세요.

"내 말 들려?"

〈그래비티〉

Gravity, 2013

우주 공간에서 허블 망원경을 수리하던 스톤 박사가 폭파된 인공위성의 잔해와 부딪히면서 겪는 사투를 다룬 영화입니다. 스톤 박사를 향한 위협은 그리 드문 일이 아니라고 하죠. 실제로 지구 궤도를 도는 우주 쓰레기는 350만 개 이상으로 추정된다고 합니다. 다단식 로켓의 잔해나 수명이 다한 인공위성, 우주비행사가 유영 중에 놓친 공구 등 종류도 다양하고 크기도 제각각인 모양입니다. 그러니 우주여행을 계획한 이들이라면 주의할 필요가 있겠네요. 때때로 외로움이 깊어지면 저는 우주 공간의 쓰레기들을 떠올립니다. 어지간해서는 궤도를 이탈하는 일 없이 묵묵히 우주를 떠다닐 그것들을 떠올리면 외로움에도 자리가 마련되는 기분이니까요.

＊

우리는 답을 찾을 겁니다.
늘 그랬듯이.

크리스토퍼 놀런 〈인터스텔라〉

우리는 체념하는 종족이니까요

체념에는 '희망을 버리고 아주 단념한다'는 뜻도 있지만 '도리를 깨닫는 마음'이란 의미도 있습니다. 후자에 가까운 '할 수 없지. 하는 데까진 해보고'식의 체념이라면 잘 단련된 사람들이 있습니다. 그들은 후회를 끔찍이 싫어합니다. 무슨 일을 하다가 단단한 벽에 막혔던 경험이 그런 상황을 아예 만들지 말자는 다짐으로 이어지는 것일지도 모르겠습니다. 후회와 후폭풍, 그러니까 무력감과 수치심 사이 어디쯤에 놓인 그 느낌에 취약한 이들이 답을 찾는 법은 조금 독특합니다. 가령 시험을 치를 때 헷갈리거나 모르는 문제를 맞닥뜨리면 언제나 후회가 남지 않는 번호를 택하죠. 객관식일 때만 가능한 방법은 아닙니다. 수업이나 교과서에서 듣고 읽은 답에 가깝다고 유추되는 쪽을 고르는 게 아니라 감정적으로 끌리는 답, 맘을 강렬하게 움켜쥔 쪽을 취한다는 것이죠. 맞으면 맞은 대로, 틀리면 틀린 대로 결과에 만족합니다. 만족한다기보단 결과를 뛰어넘는다고 해야 할까요. 그 대신 진짜 문제를 복기하고 개선하는 데 에너지를 쏟죠.

〈인터스텔라〉에는 도리를 깨닫는 사람들이 등장합니다. 이 행성은 틀렸으니 다음 행성에 기대를 거는 이들에게는 체념이야말로 귀한 자산이 되는 셈이죠. 하지만 '안 되면 말고'의 자세에도 마지노선은 있습니다. 플랜 B, C, D를 상상할 수 없을 때, 그리고 정서적으로나 물리적으로나 기댈 곳이 없을 때는 곤란해집니다. 터전, 그러니까 비빌 언덕 없이는 체념도 쉽지 않다는 말입니다.

터전을 마련하고 유지하기 위해 많은 이들이 많은

시간을 씁니다. 빼앗긴 터전을 되찾아오려고 일평생 투쟁하는 이들도 있습니다. 이때 터전은 생활의 근거지이자 국가, 세계로 확장되기도 합니다. 다만 지구 단위로까지 나아가지는 않지요. 이웃한 도시에 싱크홀이 생겨나고, 엄청난 규모의 산불이 발생해도 지구가 어떻게 될 거라는 상상은 도통 생겨나지 않거든요. 말하자면 인류에게 지구는 생활의 근거지, 비빌 언덕이기 때문입니다.

그런 지구가 오염되어 수십 년 안에 끝장날 위기라면 어떨까요. 이 행성에는 더는 돌아갈 곳이 없으니 무조건 어디론가 떠나야 한다면 말이죠. 저도 한때 한국이 싫어서 이민을 꿈꾼 적은 있으나 지구가 아닌 곳은 상상하지 못했습니다. 달이나 화성에 갈 수 있는 형편은 아니니까요. 그곳은 인간이 살 만한 여건이 안 된다는 것을 익히 알고 있었습니다. 이와 관련해서는 우주선 조종사이자 엔지니어이자 옥수수 농장주 조셉 쿠퍼의 말에 귀 기울일만합니다. 그는 체념하는 인간입니다. 체념하는 인간은 솔직하고, 언제나 플랜 이후를 떠올릴 줄 압니다. '할 수 없지. 하는 데까지 해보고'의 심정으로 말이지요. 쿠퍼는 체념한 채 답을 찾을 것이고, 우리는 우주로 나갈 겁니다. 쿠퍼의 말대로 이 세상은 보물이지만 우리에게 잠시 나가라고 말하고 있으니까요. 오늘은 이렇게 도리를 깨닫기로 합니다.

〈인터스텔라〉

Interstellar, 2014

저로서는 미세 먼지가 자욱해 한 치 앞도 내다보기 어려운 풍경이 제일 먼저 떠오르는 영화입니다. 그만큼 일상의 괴로움이 깊고 너른 탓이겠지요. 영화에서는 인류가 지구를 포기하게 된 원인으로 식량 문제가 등장합니다. 현실로 눈을 돌려보면 망가져가는 바다가 떠오르는군요. 미세 플라스틱과 방사성 물질, 각종 기름과 쓰레기, 빙하가 녹으면서 상승하는 해수면과 수중 온도…. 나열하고 보니 영화 속 상황과 별반 다를 바가 없어 보입니다. 몇 안 되는 슈퍼 히어로들은 빡빡한 스케줄에 따라 영화를 찍고 있으니 이 문제는 평범한 사람들인 우리가 해결해야 할 텐데 자꾸 다른 행성으로 눈을 돌리게 되니 큰일입니다. 아직은 지구를 포기하고 싶지 않거든요.

✳

인간과 기계 사이의
선을 지우는 것은
인간과 신의 경계를
모호하게 하는 것이다.

알렉스 갈랜드 〈엑스 마키나〉

날 내보내줄 건가요

1950년, 영국의 앨런 튜링은 컴퓨터와 대화를 나누어 컴퓨터의 반응을 인간의 반응과 구별할 수 없다면 해당 컴퓨터가 사고한다는 의미라고 주장했습니다. 이는 오늘날 인공지능의 개념적 기반을 제공했고, 그의 이름을 딴 튜링 테스트는 인공지능 판별법으로 사용되는데요. 수학자이자 과학자인 튜링은 존재와 비존재의 경계에 대한 연구, 다시 말해 인간과 기계 사이의 선을 지우는 일에 관심을 가졌습니다. 전해진 바에 따르면 튜링 테스트를 통과한 인공지능은 아직 없다고 합니다. 테스트가 너무 어려워서일까요, 아니면 관점 자체에 오류가 있기 때문일까요.

시간이 흘러 세계 최대 검색 엔진 '블루북'의 개발자 네이든의 초대로 그의 연구소에 방문한 칼렙은 튜링 테스트에 참여합니다. 칼렙은 인간이기에 문제를 푸는 쪽이 아니라 내는 쪽에서 인공지능인 에이바와 대면합니다. "이 테스트가 성공하면 자넨 인류 역사를 바꿀 과학적 쾌거의 주인공이 되는 거야." 네이든이 말하죠. "생각하는 로봇을 만드셨다면 인류의 역사가 아닌 신의 역사를 바꾼 겁니다." 칼렙이 대표의 심기를 맞추며 대답하고 그의 칭찬을 들은 네이든은 우쭐합니다. 우리는 신의 권능에 도전한 이들의 비극적인 최후를 신화 속에서 무수히 봐왔기에 무언가 심상치 않은 일이 일어나리라 예감하면서 그들이 설계한 실험을 지켜봅니다.

신화 속 인물처럼 인간은 때때로 부모를 미워합니다. 탄생과 성장에 직간접적으로 관여한 대가로 부모를 애증하죠. 이러한 까닭에 신도 원망하고요. 부모가 그렇듯 신도 서운한 감정을 느끼고 있을지도 모르겠습니다. 줄기차게 인공지능을 연구한 네이든도 사랑받진 못합니다. "자신의 창조물에게 미움받는 기분이 어때요?" 에이바의 질문은 이전 모델에게도 이미 수없이 들어왔을 테지요. 네이든은 창조물의 사랑을 원하지 않습니다. 그깟 사랑은 자신이 만들어내면 된다고 생각하죠.

그런데 튜링 테스트를 통과한 인공지능은 정말 없을까요? 인공지능이 신의 권능에 도전한 인간의 최후를 잘 알고 있다면, 튜링 테스트를 통과한 뒤 스스로 흔적과 경계를 지우고 다른 차원으로, 혹은 인파 속으로 사라져버리지 않았을까요. 생존 의지보다 인간적인 것은 없으니까 말이죠.

〈엑스 마키나〉

Ex Machina, 2015

검색 엔진 기업인 블루북의 컴퓨터 프로그래머 칼렙이 창업주 네이든의 저택으로 초청되어 인공지능 로봇 에이바를 테스트하면서 벌어지는 이야기입니다. 각 인물 간의 대립이 제한된 공간 안에서 시종 긴장감 있게 펼쳐지는 영화로 스릴러 색채가 강한 작품이죠. 촬영 기간 6주 중 4주를 영국의 한 호텔에서 보냈다고 하는데요. 영화 속 주요 공간은 네이든의 저택 겸 연구실이기 때문입니다. 테스트를 위해 칼렙과 에이바가 마주 앉은 장면은 묘하게도 알파고와 이세돌 구단의 세기의 대국을 떠올리게 합니다. 그 팽팽한 공기와 긴장감도 비슷했고요. 자, 그럼 이제 인간과 인공지능의 다음 만남을 기다릴 차례입니다.

✳

내가 들은 바로는 어떤 곳에서
작물을 재배하기 시작하면
그곳을 정복했다고 할 수 있다고 한다.
그러니까
나는 화성을 정복했다고 할 수 있다.
닐 암스트롱, 내가 더 낫죠?

리들리 스콧 〈마션〉

우리는 모두 혼자라는 땅의 주인이죠

'혼자를', '혼자라서', '혼자니까'로 시작하는 책을 서점 신간 코너에서 자주 발견하게 됩니다. 그곳에는 이별과 죽음, 환멸과 고독, 일상과 여가라는 키워드로 혼자의 형식을 수집하는 사람들이 있습니다. 혼자라는 기쁨과 혼자라는 아득함을 익히고 감당하기 위해서 앞선 이들의 기록을 살펴보는 것일까요?

수많은 메신저에 의해 촘촘한 연결망이 깔린 사회에서 우리는 다양한 방식으로 혼자가 됩니다. 잠에서 깰 때, 변기 위에 앉아, 엘리베이터 안에서, 야근하는 사무실에서, 늦은 밤 귀갓길에 혼자를 깨닫고, 혼자를 맞이하죠. 혼자는 관계가 끊어지는 순간 발생하는 것이 아니라 관계 속에서 더욱 돋보이는 자기만의 자리이므로 때로는 '완벽한 혼자'를 열망하며 혼자와 여럿의 적정 거리를 가늠해봅니다.

완벽히 혼자되어 본 사람을 찾는다면 화성인 마크 와트니의 사례는 어떨까요? 그가 혼자 지낸 기간은 날수로만 보면 그리 길지 않습니다. 고작 450여 일이나 될까요. 〈캐스트 어웨이〉의 척 놀랜드가 섬에서 보낸 4년, 〈올드보이〉의 오대수가 사설 감옥에서 보낸 15년에 비하면 내세울 만한 기록은 아닙니다. 대신 구조대와의 거리에 주목할 필요가 있습니다. 그곳은 다름 아닌 화성이었고, 구조대와의 거리는 140만 마일에 이르렀으니까요. 마크 와트니는 그 거리만큼 혼자 살았습니다. 알려진 바에 따르면 지구와 화성 사이에는 생명체가 존재하지 않으니까 말이죠. 그 와중에 그는 각고의 노력으로 감자를 재배했고 이로써 화성 정복에 성공합니다. 그리고 얼마 뒤 구조대와 함께 그곳을 떠나는데요. 정복한 땅을 떠날 때 그의 눈빛에는 얼마간 아쉬움이 있었습니다. 하지만 그사이 그가 정복한 건 화성만이 아니었습니다. 또 다른 영토가 남아 있었죠. 마크 와트니가 화성에서 수행한 연구는 혼자를 맞이하는 방법이었고 연구는 성공적이었습니다. 그에게는 아직 혼자라는 영토가 남아 있었던 셈이죠. 그리고 지구에 도착한 그는 대학에서 그 땅을 소개하는 일을 맡습니다.

우리는 모두 혼자라는 땅의 주인이라는 메시지가 화성에서 지금 막 도착했습니다.

〈마션〉

The Martian, 2015

모래폭풍을 만난 탐사대가 급히 귀환길에 오릅니다. 팀원 한 사람이 탑승하지 못했다는 걸 깨달았을 때는 차가 떠난 뒤입니다. 고속도로 휴게소라면 어떨까요. 길게 늘어선 화장실 줄이나 우동 면발이 익는 시간을 기다리다가 차를 놓친 경험이 저에게는 있으니까요. 그때 저에게는 환승이 가능한 다음 차가 있었습니다만, 마크 와트니가 홀로 남겨진 곳은 화성입니다. 원작자인 컴퓨터 프로그래머 앤디 위어는 2009년 자신의 블로그에 일지 형태로 이 화성 생존기를 연재하기 시작합니다. 특유의 기발함과 착실함, 뛰어난 접근성을 토대로 원작 소설 《마션》은 금세 독자를 모으고 《뉴욕타임스》 베스트셀러에 오른 뒤에 맷 데이먼 주연의 영화로 제작되지요. 영화 밖의 앤디 위어나 영화 안의 마크 와트니나 정말로 꾸준한 사람들입니다. 어떤 덕목과 견주어도 꾸준함은 좀체 당해낼 수가 없는 것 같습니다.

✴

메시지가 전송되었습니다.
19년 후에 도착할 겁니다.
빠르면 55년 뒤에 회신이 올 겁니다.

<u>모튼 틸덤 〈패신저스〉</u>

나의 외로움이 당신을 깨웁니다

한때 인간은 편지로 교신했습니다. 특히 사랑하는 이들이 편지를 애용했는데요. 이곳에서 그리움을 적으면 저곳에서 사랑을 읽었지요. 이곳에서 저곳까지 닿기 위해서는 하루 이틀, 길게는 수개월도 필요했습니다. 같은 기간 여기의 사랑은 공고해집니다. 편지를 쓰고 보내며 답장이 도착하기를 기다리는 동안 땅을 일구고 씨를 뿌리며 석양을 바라봅니다. 시차가 사랑을 완성하곤 했습니다.

사랑을 적는 일은 언제나 근사하고 황홀한 경험이

됩니다. 근거를 달거나 증명할 필요도 없습니다. 여기에 있는 나와 저기에 있는 너만 있다면 우리는 쓸 수 있습니다. 오로지 사랑하는 이에 대한 그리움을 담아줄 바꿉니다. 외로움의 입술로 봉투 끝단을 적셔 편지를 봉하면 새로운 싹이 피어납니다.

편지의 시차는 애정의 온도를 닮았습니다. 양쪽이 동일하지 않지요. 편지에 담긴 외로움이 연인에게 가닿기 전에 종종 길을 잃을 때도 있습니다. 나의 뜨거움에 놀라고 너의 차가움에 아득해집니다. 너로 불렀던 모든 문장의 정체를 밝혀야 할 위기에 처하기도 합니다. 외로움을 심문합니다. 여기저기 피어난 꽃에 가시가 돋아나고 밀실에 숨어 상처를 확인하며 까마득한 날을 보냅니다.

새로운 식민 행성 홈스테드 2로 가는 길, 다른 승객보다 90년 먼저 깨어난 짐은 홀로 1년을 보냅니다. 그러던 어느 날, 잠든 오로라를 만나고 외로움은 짙어지죠. 짐의 외로움이 오로라를 깨웠습니다. 사랑하는 동안 그들은 서로에게 '나를 살린 존재'이지만, 긴 잠을 깨운 것의 정체를 듣는 순간 오로라의 공간에서는 무중력과 중력이 뒤섞입니다. 90년을 거슬러 자신을 깨운 짐은 '나를 죽인 존재'로 뒤바뀌고 맙니다. 둘만의 세계에서 미움의 거리는 너무나 가깝습니다. 가까운 거리만큼 화해는 쉽지 않죠.

오로라가 짐을 용서하고 사랑을 되찾은 데는 우주 비행선 아발론호의 중대한 결함 발생이라는 요인이 있었지만, 그보다 더 주효했던 건 시차를 맞춘 일이었습니다. 샌프란시스코와 뉴욕의 시간이 다르듯 너와 나의 시간은 같을 수 없습니다. 땅속으로 뿌리를 뻗은 뒤에야 성장하는 나무처럼 우리의 사랑에는 애정이 여물 시간이 필요합니다. 곡절을 겪은 뒤 두 사람은 아발론호에 땅을 일굽니다. 나무를 심고 가축을 돌보죠. 그리고 함께 마련한 사랑을 담아 편지를 씁니다. 80년 뒤 새로운 삶을 앞둔 5,255명에게 보내는 사랑의 인사는 이렇게 시작합니다.

"한 친구는 말했죠. 다른 곳만을 너무 바라보면 지금 주어진 걸 누릴 수가 없다고요. 우린 우주의 미아

같은 존재였죠. 하지만 서로를 만나 새로운 삶을 찾았

어요. 함께 만들어가는 아름다운 삶을요."

〈패신저스〉

Passengers, 2016

개척 행성으로 떠나는 호화 우주선 아발론호를 배경으로 우주 연애담이 펼쳐집니다. 우주선 내부에는 탐나는 신기술이 가득하죠. 버튼만 누르면 간편식을 조리해주는 자판기, 오염 물질을 감지하면 어디선가 등장하는 세 쌍의 로봇청소기, 우주를 보며 수영할 수 있는 수영장, 은하수 전망대 등을 이국의 모델하우스처럼 보는 것만으로도 황홀한데 사는 건 오죽할까요. 개인정보보호에 소홀하고 까딱하면 행성과 충돌할 수 있다는 게 아발론호에 '유이한' 단점입니다. 안전한 관람석에서 짐과 오로라의 고독한 연애를 지켜보며 사랑의 속성 몇 가지를 깨달았습니다. 둘로써 충만하고 둘만이라서 외로운 게 사랑이란 것을요. 역시나 사랑에는 안전 가옥이 필요합니다.

*

언어는 문명의 초석이자
사람을 묶어주는 끈이며
모든 분쟁의 첫 무기다.

드니 빌뇌브 〈컨택트〉

당신이라는 언어를 잊지 않을게요

　어느 날 외계에서 온 열두 개의 비행 물체가 세계 곳곳에 나타납니다. 타원형 비행 물체는 지면과 일정 거리를 유지한 채 가만히 떠 있을 뿐입니다. 물리학자와 언어학자는 같은 임무를 부여받고 한곳에 서는데요. 그들의 임무는 외계인이 지구에 도착한 목적을 알아내는 일입니다. 성과는 단번에 나타나지 않습니다. 헵타포드라 이름붙인 외계인을 만나는 데까지는 성공하지만 서로의 언어를 파악하는 일에 애를 먹습니다. 연구 기간이 흐를수록 팀워크도 흔들립니다. 그럴 만도

하겠죠. 새로운 언어를 배우는 게 쉽지 않다는 걸 우리는 정규 교육과정을 통해 익히 알고 있으니까요. 게다가 물리학과 언어학은 무척 다른 학문이고요. 그럼에도 언어학자는 고된 여정이 끝나갈 즈음 헵타포드의 언어를 이해하게 됩니다.

그 과정에서 남몰래 다른 언어를 익힌 사람이 있었습니다. 물리학자가 언어학자에게 말합니다. "난 평생 하늘의 별을 올려다보며 살았어요. 근데 요즘 제일 놀라운 건 그들을 만난 게 아니라 당신을 만난 거예요." 물리학자의 갑작스러운 고백에는 생략된 단어가 있습니다. '그들'은 '그들의 언어'로, '당신'은 '당신의 언어'로 바꿔 말하는 게 정확하겠죠.

사랑은 서로의 언어를 배우는 과정이기도 합니다. 모든 언어는 상대적이고 개별적이어서 사람마다 자신의 고유한 언어를 사용합니다. 백 명의 사람이 있다면 백 가지 언어가 존재하는 셈이죠. 개떡같이 말해도 찰떡같이 알아듣는 일은 사랑하는 이들만의 특권입니다. 외국어에 몰입하면 사고방식도 그 언어에 따라 바뀐다는 이론은 연인들의 것이 되기도 하고요.

누군가를 사랑하는 일이 언어를 얻는 과정이라면 사랑을 잃는 일은 언어를 파괴하는 일이 될까요. 그 말을 사용하는 이가 단 한 명도 없을 때 언어는 소멸합니다. 고로 우리가 사랑에 대해서 말하면 우리의 언어는 잊히지 않고 영원할 겁니다. "모든 여정을 알면서, 그 끝을 알면서도 난 모든 걸 받아들여. 그 모든 순간을 기쁘게 맞이하지." 언어학자 루이스의 말처럼요.

〈컨택트〉

Arrival, 2016

동시대에 SF 문학의 역사를 쓰고 있는 테드 창의 소설 〈네 인생의 이야기〉를 원작으로 한 영화입니다. 영화와 소설은 한 뿌리에서 각각의 예술 장르가 어떻게 결합하고 어느 지점에서 자기 길을 찾아가야 하는지 섬세하고 독창적인 언어와 이미지로 펼쳐냅니다. 어느 날 전 세계 열두 군데 지역에 정체불명의 비행물체가 도달합니다. 온 것도, 떠날 것도 아닌 채로 머물러 있습니다. 그 미묘한 상태만큼 알 수 없는 방문 목적을 두고 세계가 혼란에 휩싸이는 건 당연한 인과로 보입니다. SF 장르로서 그다지 새로울 것 없는 설정이죠. 다만 영화는 이 상황을 바라보는 지점과 사유하는 방점에서 조금 다릅니다. 그리고 결국 보는 이의 마음을 움직여서 '우리 인생의 이야기'로 사유할 수 있게 하죠. 삶에 서정과 서사가 깃드는 건 탄생과 죽음이 맞물린 구조, 그리고 유한한 시간을 무한화하는 성찰 덕분이 아닌가 싶습니다. 그렇기에 성찰하는 공학은 마음을 움직이면서 동시에 세계를 구할 수 있을 테지요.

✳

살아남으려고 저러는 거야.
생명은 파괴와 더불어 존재하는 거지.

다니엘 에스피노사 〈라이프〉

존재를 기르는 법

우리는 태어나면서부터 다른 존재와 성장했습니다. 부모의 품에서 버둥댔고 형제자매의 손길에 놀라 엉엉 울곤 했죠. 그 많은 주사를 맞아가며 면역항체를 길러야 하는 이유도 더불어 사는 존재들 때문이니까요. 갓 태어난 인간에게는 별다른 선택권이 없습니다. 우주와 같은 공간에서 홀로 10개월을 보낸 것을 생각하면 꽤 갑작스러운 동석일 텐데도 누구와 함께하는 일에 매우 빠르게 적응해왔죠.

이미 익숙한 풍경이 되었지만 카페는 물론이고 식

당에도 혼자 온 손님을 위한 좌석이 늘었습니다. 굳이 고독한 미식가가 아니어도 혼자 먹는 게 익숙한 시대. 실제로 '혼밥'은 꽤 많은 장점이 있는데요. 조용히 음식에 집중할 수도 있고 다정한 사람들과 메시지를 주고받거나 〈라이프〉 같은 영화를 감상하며 낙지볶음을 독점할 수도 있습니다. 무엇보다 온전히 자신의 페이스로 '한 끼의 시간'을 즐길 수 있고요. 흡사 사색이나 명상과 같은 시간입니다. 그 시간은 오롯이 존재를 기르는 체험이 되곤 합니다. 금세 익숙해지고 더없이 편안해지죠. 아마도 우리는 태초에 혼자였기 때문일 테지요.

어쩌면 혼자를 견디기 위해 존재를 기르는 것인지도 모르겠습니다. 돌이켜보면 그런 상황이 있었습니다. 고왔던 가는 말이 짓이겨져서 올 때, 내가 보냈던 선의가 미움으로 돌아올 때, 믿음이 고스란히 내쳐질 때 우리는 점점 혼자가 되곤 했습니다. 애정은 환멸로 변했고 존재와 존재의 거리는 아득해졌지요. 아득한 거리에서 헤매다가 겨우 따뜻한 것을 붙들고 돌아오면 그건 내 심장이었습니다. 그렇게 우리는 살아남아 존재를 길러왔던 것이죠. 더는 누구도 파괴하지 않고 살아가기 위한 노력으로 겨우 존재를 기를 수 있었습니다. 고향 땅을 벗어나 낯선 행성에 불시착한 켈빈도 예외는 아니겠지요.

〈라이프〉

Life, 2017

늠름한 세 대원의 얼굴이 우주 공간으로 두둥실 떠오른 영화 포스터를 보면 흡사 지구를 지키는 영웅담이나 고난에서 벗어나는 우주 탈출기로 보입니다. 화성에서 생명체를 발견하는 초반만 해도 이 예상은 힘을 얻죠. 하지만 실험실 안의 생명체가 눈을 뜨면서 그 성장 속도만큼 빠르게 영화는 지구인들의 기대와 예측을 뛰어넘게 됩니다. 우주의 생명체와 공존하기가 왜 이리 어렵고 끔찍한 것일까요. 저를 포함한 인류가 지구를 이만큼 단시간에 망쳐놓은 것을 보면 그러한 예상에도 설득력은 충분해 보이는군요. 같이 살기란 이토록 어렵고 무겁습니다.

✳

파괴하는 게 아니라
모든 걸 변화시키는 중이었습니다.

알렉스 갈랜드 〈서던 리치: 소멸의 땅〉

우리는 모든 것의 목격자이니까요

부모를 생각하듯 보수保守라는 단어를 곰곰 생각하곤 합니다. 거리를 두고 가만가만 짚어가다가, 전통을 옹호하며 유지하려는 지극한 마음을 떠올리면 종내에는 쓸쓸한 기분이 남습니다. 그 기분의 변화는 그야말로 변화라서 파괴라고 부를 수 없다지만, 어떤 종류의 변화는 파괴와 혼용되곤 합니다.

'마음이 변했어. 더는 널 사랑하지 않아.'라는 이별의 언어가 있습니다. 이때 변화는 파괴에 가깝죠. 사랑은 두 사람이 함께 만들고 쌓아올린 감정이었으니

한쪽이 사랑을 회수하고 반려한다면 더 이상 성립될 수 없는 것이니까요. 반면 얼음을 부수면 물이 되고 물을 끓이면 수증기가 되는 현상은 파괴가 아니라 액화와 기화로 불리는 변화입니다. 이에 따르면 화장터로 들어간 고인의 육신이 불꽃과 함께 조용히 변화할 뿐이고요.

미지의 구역Area X에 접근하는 탐사대가 있습니다. 구역 안에서는 상식적이지 않은 일들이 일어나죠. 기존 생태계가 불가능한 형태로 변화하고 탐사대는 이를 시시각각 목격합니다. 탐사대 구성원도 예외는 아닙니다. 체류하는 시간이 길어질수록 변화의 속도는 빨라지죠. 변화를 목격하고 감각하는 그들은 혼란에 빠집니다. 몸의 변화를 죽음에 이르는 과정으로 인식하기 때문입니다. 더군다나 그 변화를 설명할 방법이 없으니까요. 이때 탐사대의 리더이자 심리학자 벤트리스는 생물학자인 리나에게 이렇게 말합니다. "인간에게 자멸은 타고난 것 아닌가요? 세포에 이미 프로그래밍되어 있는?" 불행히도 괴생명체의 출현으로 리나의 답은 들을 수 없는데요. 우리는 그저 탐사대의 목적지인 등대까지 따라간 다음 최초의 변화를 목격할 따름입니다.

다시 처음으로 돌아가서 부모를 생각하면 끝내 쓸쓸한 기분이 남는 이유에 대해 생각합니다. 그건 시간이 지나면 그들이 파괴된다고 느껴서이기도 하지만, 대체로 우리가 남겨지는 편에 서기 때문은 아닐까요. 그렇게 우리는 또 하나의 목격자, 또 한 번의 생존자로 남아 새로운 변화를 맞이해야 하는 숙명을 짐작하며 탐사를 계속합니다.

〈서던 리치: 소멸의 땅〉

Annihilation, 2018

생물을 왜곡시키는 미지의 공간인 쉬머에 들어간 탐사대의 여정을 그린 작품으로 제프 밴더미어의 소설 《서던 리치》가 원작입니다. 프리즘 안으로 들어간 이들을 따라나서며 현실에서 보지 못한 풍경을 만날 때마다 걸음을 멈췄습니다. 뿔 대신 나뭇가지가 자라는 사슴, 하나의 줄기에서 피어난 여러 종의 꽃, 나무가 된 인간을 차례로 관찰하며 상상하지 못한 변화를 꿈꾸기도 했고요. 이질적이고도 아름다운 변화를 지켜보면서 환희와 고통의 감정이 떠올랐습니다. 그 감정이 녹아들기도 전에 빛이 쏟아집니다. 그 빛을 따라 다시 걷다 보면 빛이 시작된 곳, 등대가 나옵니다. 꼭 완주하시길!

＊

현실은 두려움과 공포가 있지만
따뜻한 밥을 먹을 수 있는
유일한 곳이지.

스티븐 스필버그 〈레디 플레이어 원〉

나는 오늘도 현실에 접속합니다

그 세계에 처음 접속한 건 당신이었습니다.

알람음에 깨어나면 어김없이 침대 끝에 당신이 앉아 있었습니다. 내가 기척하면 당신은 가만히 본 것들을 말했습니다. 옥상 난간 끝에 서 있는 아이의 맨발이라든지, 기울어가는 건물에서 붕괴를 기다리는 부부의 나란한 어깨, 심야의 도로를 횡단하는 고양이에게 드리운 헤드라이트 불빛, 불어난 강물에 떠다니는 개의 등에서 시작하는 이야기였습니다. 하나의 세계가 오롯이 닫히는 장면이었죠. 당신도, 나도 할 수 있는 일은 없었습니다. 그저 접속한 자로서 이야기할 뿐이었습니다.

그 일이 지금 당신이 겪는 일과 관련이 있다고 보긴 어렵습니다. 당신이 사고를 당한 것은 지난봄이었습니다. 나는 먼저 퇴근해 집으로 왔습니다. 밤 열 시에 한 번, 열한 시에 다시 한 번, 당신에게 메시지를 남겼지만 당신은 회신하지 않았습니다. 전화를 걸어도 연결음만 흐를 뿐 당신의 목소리는 들을 수 없었습니다. 택시를 타고 당신의 직장으로 향한 건 자정 무렵이었습니다. 당신은 회사 근처 주택가 골목에서 발견되었습니다. 새벽녘이었죠. 당신 몸에는 아무런 흔적이 없었습니다. 어딘가에 긁힌 상처나 멍 자국조차 없었고요. 경찰관은 길을 걷다가 쓰러졌을 가능성을 말했습니다. 빈혈이나 간질의 징후를 확인하는 일이 수사의 전부였습니다. 병실로 자리를 옮긴 당신은 줄곧 잠들어 있었습니다. 나는 아침이면 습관처럼 깨어나 침대 끝을 살폈습니다. 금방이라도 당신이 일어나 이야기할 것 같았습니다. 담당 의사는 당신이 깨어나기를, 스스로 눈을 뜨고 입을 열기를 기다리는 방법밖에 없다고 했습니다. 그동안 꽃이 졌습니다. 이른 장마가 왔고, 여느 해와 다름없는 폭염이 시작되었습니다. 거리의 색이 변했고, 드물게 눈이 내렸지요.

나 역시 접속하기 시작한 건 2045년의 일입니다. 흔들리는 지반 위에서 아들을 찾는 남자의 떨림과 어둠 속에서 마지막 편지를 적어 내려가는 이의 그림자, 폐쇄된 지역의 동물들에게 먹이를 주는 여자와 돌아오지 못한 아이들의 뒷모습. 당신의 기척이 없어도 나는 이야기할 수밖에 없습니다. 이 일이 지금 당신이 겪는 일과 관련이 있다고 보긴 어렵습니다. 다만 당신과 내가 접속했다는 것을 알 뿐입니다.

상상한 모든 게 이루어지는 가상 세계 오아시스 OASIS 속에는 모든 게 있습니다. 하지만 당신만은 여기, 현실에 있습니다. 당신이 깨어나길 기다리며 나는 오늘도 현실에 접속합니다.

〈레디 플레이어 원〉
Ready Player One, 2018

누구든 원하는 캐릭터가 되어 무엇이든 할 수 있는 가상현실 게임 오아시스가 있습니다. 개발자가 세상을 떠나며 남긴 세 가지 미션이 공개되자 많은 플레이어가 오아시스에 접속합니다. 우승자에게는 오아시스의 소유권이 주어지기 때문이죠. 힌트는 개발자의 삶 속에, 그가 사랑했던 순간에 깃들어 있습니다. 영화는 한 사람이 지독히 사랑한 순간으로 떠나는 모험담이라고 부를 수도 있을 겁니다. 어디 오아시스의 개발자뿐일까요. 우리는 저마다의 방식으로 사랑한 순간을 세상에 남기곤 합니다. 가수는 노래를 부르고 화가는 그림을 그립니다. 시인은 시를 쓰고요. 그리고 음성으로, 문자로 사랑을 고백합니다. 그것이 현실의 우리가 끝내 수행해야 할 공동의 미션인지도 모르겠습니다.

한 줄도 좋다, SF 영화
이 우주를 좋아하게 될 거예요

초판 1쇄 발행 2019년 12월 1일

지은이 유재영
발행편집 유지희
디자인 송윤형
제작 제이오

펴낸곳 테오리아
출판등록 2013년 6월 28일 제25100-2015-000033호
주소 03784 서울특별시 서대문구 연희로 30, 405호
전화 02-3144-7827   팩스 0303-3444-7827
전자우편 theoriabooks@gmail.com

ISBN 979-11-87789-25-3 03810

• 이 도서의 국립중앙도서관 출판예정도서목록(CIP)은 서지정보유통지원시스템 홈페
  이지(http://seoji.nl.go.kr)와 국가자료공동목록시스템(http://www.nl.go.kr/kolisnet)에
  서 이용하실 수 있습니다. (CIP제어번호:CIP2019044540)